擁抱世界正能量⑤

凌晨四點的洛杉磯

高比拜仁的傳奇

U0060878

關麗珊　著

新雅文化事業有限公司
www.sunya.com.hk

擁抱世界正能量 5
凌晨四點的洛杉磯——高比拜仁的傳奇

作　　者：關麗珊
插　　圖：王恬君
責任編輯：陳友娣
美術設計：鄭雅玲
出　　版：新雅文化事業有限公司
　　　　　香港英皇道 499 號北角工業大廈 18 樓
　　　　　電話：(852) 2138 7998
　　　　　傳真：(852) 2597 4003
　　　　　網址：http://www.sunya.com.hk
　　　　　電郵：marketing@sunya.com.hk
發　　行：香港聯合書刊物流有限公司
　　　　　香港荃灣德士古道 220-248 號荃灣工業中心 16 樓
　　　　　電話：(852) 2150 2100
　　　　　傳真：(852) 2407 3062
　　　　　電郵：info@suplogistics.com.hk
印　　刷：中華商務彩色印刷有限公司
　　　　　香港新界大埔汀麗路 36 號
版　　次：二〇二〇年五月初版
　　　　　二〇二一年六月第二次印刷

ISBN: 978-962-08-7519-9
© 2020 Sun Ya Publications (HK) Ltd.
18/F, North Point Industrial Building, 499 King's Road, Hong Kong
Published in Hong Kong, China
Printed in China

目錄

✦ 第一章　美好的未來在等待 ✦

每個人都會説出人生第一個字，不能發聲的孩子並不例外，他們只是在心裏説，沒有人聽得到而已。

最多人説的第一個字是媽，或媽媽，無論哪個地方的人，嬰兒首次喊媽媽的發音都是近似的，也許是人類最共通的語言。不過，有些牙牙學語的幼兒會先説爸爸，不少母親為此失望。

高比的大家姐第一次説出有意思的字是媽媽，讓媽媽樂上半天，抱住她親了又親。二家姐比大家姐遲説話，最先説的是爸，然後是爸爸。爸爸剛巧在她的身旁，吻她一下，然後用巨大的雙手將她像籃球那樣抱起，再把她抱高，抱上半空像飛來飛去，逗得幼兒大笑起來，一家人都看得開心不已。

高比的爸爸是職業籃球員，一直希望有個喜歡打籃

球的兒子，看見眼大大臉圓圓的兒子來到世上的時候，高比的爸爸相信他能成為比自己更出色的球星，非常疼愛他。

高比的媽媽還有點介意第二個女兒先喊爸爸，有日打掃客廳的時候，跟坐在沙發看電視的丈夫說：「我覺得高比的樣子像我，眼睛跟我一樣明亮，他一定先喊媽媽的。」

「你看清楚了沒有？我看他整個人都像我，他會跟姐姐一樣先喊爸爸。」高比爸爸滿懷自信說。

「別忘記大女兒喊媽媽的，我說他第一個說的字一定是媽媽。如果他先說媽媽，你幫忙做家務一星期。」

「你想偷懶而已，難道他先說爸爸，你代替我去球會上班嗎？」

「他一定先說媽媽，萬一他先說爸爸，我為你洗車抹車一個月。」

高比爸爸笑起來，說：「好呀，你準備洗車，洗得乾淨一點。」

　　「我為你準備新圍裙，你要開始學習做家務，以免做足一星期家務都做得不夠好。」高比媽媽笑説。

　　此後，兩人不時拿高比的第一句話來鬥嘴説笑，爭相教高比説「媽」和「爸」。

　　那是普通的星期日下午，陽光普照。大家聚在明亮的客廳裏，兩姊妹在玩耍，爸爸坐在沙發看電視球賽，媽媽手抱高比坐在丈夫身旁看雜誌，高比在媽媽懷裏手舞足蹈，發出清脆的聲音：「波。」

　　大家以為聽錯，但見高比胖胖的小手伸向電視，再次清楚説：「波……波……」

　　兩姊妹走近一些看着弟弟，大家都有點難以置信地笑起來，高比的爸爸笑説：「你的新圍裙要留待你自己用了。」

　　「他還在學習説話呢，我們猜高比先説媽媽還是爸爸，他先説媽媽的話，你代我做家務一星期。」高比的媽媽説。

　　「不用再猜測，我樂意做一星期家務。」爸爸笑着

對媽媽説。

「我可以幫你洗車。」

「爸爸，我幫你做家務。」大家姐説。

「媽，我又要洗車。」二家姐見爸爸將姊姊抱入懷裏，連忙跟媽媽説。

大家擁抱在一起，高比在家人之中，還想看電視球賽似的望出來，媽媽跟高比説：「高比將來跟爸爸一樣做球星，好嗎？」

「不，他不是跟我一樣，他會比我出色。」爸爸笑着説。

高比爸爸是聯賽職業籃球員，家裏堆滿相關獎牌物品，高比自有記憶開始就認識籃球，籃球是他最熟悉的東西。

兩個姐姐愛砌積木和玩娃娃公仔，經常為娃娃砌房子和換新衣服，高比對這些遊戲沒有興趣。他喜歡跟爸爸一起看電視的籃球比賽，覺得那些球員將籃球傳來傳去實在神奇，可惜，家裏沒有人陪伴他玩籃球。

　　有一天，高比的媽媽準備將乾淨衣物放回衣櫃的時候，沒有留意一雙運動厚襪掉到地上去，沒有撿起。高比看見媽媽回房後，原本想撿起給媽媽的，不過，他看見媽媽已經將兩隻襪捲在一起，好像小小的籃球，不禁拿來細看。

　　高比用胖胖的小手再將兩隻襪捲得更緊，然後，放在附近的玩具袋內，花了許多時間才將袋口束好。高比不斷用雙手拍打襪子，令厚襪變得圓鼓鼓的，拿在手裏就像一個波。高比很滿意，將厚襪波拋來拋去，變成他生命裏第一個「籃球」。

　　六歲的高比就是這樣獨個兒玩他的厚襪波，媽媽發現後，跟他説：「高比，那是爸爸穿來比賽的厚襪，快還給我。」

　　高比抱緊他的厚襪波，一邊後退，一邊搖頭。媽媽説：「你不歸還的話，以後沒有下午茶點。」

　　高比嚇了一跳，他最喜歡吃的就是中間有個圓圈的猶太包，看了看手上的襪波，開始有點猶豫，不過，他

最終還是搖搖頭。

媽媽說：「你沒有隊友，沒有人陪你玩的。」

「我有。」高比說。

媽媽知道他從不會要求玩具，也沒有哭鬧要任何物品，現在只要爸爸的一雙厚襪，無謂苛責，只好笑道：「別讓爸爸知道你將他的臭襪當作玩具啊。」

「媽媽……」高比想說又不敢說下去。

媽媽蹲下來問：「怎樣？」

「我還有下午茶點嗎？」高比低聲問。

「乖孩子都有茶點，高比是乖孩子嗎？」媽媽溫柔地笑問。

高比開心得跳起來，抱住媽媽，不過，五隻手指還緊握他的襪波。

最初的時候，高比只會將襪波拋來拋去，後來將房裏放廢紙垃圾的垃圾簍當作籃球圈，由於垃圾簍口是圓形的，在高比眼中就可以用來投籃。高比將垃圾簍放在地上，然後想起電視球賽的模樣，改為將垃圾簍放在牀

上或書桌上，讓他可以跳起飛身投籃。

投籃一段日子後，高比認為他要有隊友和對手，就將家裏的椅子放在客廳，每張椅子都有一定距離，不同的椅子代表一個個要攔截他的人，然後將垃圾簍放好。

高比想像自己跟爸爸一樣置身籃球場，那是他的主場，四周有觀眾的喝彩聲，他將襪波左手交右手，再將襪波右手交左手，然後逢人過人，嗯，應是逢椅過椅，穿越多張椅子和避過他想像出來的椅子對手攔截後，在心裏倒數比賽結束時間，五，四，三，二，一，高比縱身一跳，襪波劃出美麗的拋物線投中垃圾簍裏，彷彿在比賽最後一秒由他入樽，腦海聽到四方八面的觀眾向他歡呼，讓他開心得不得了。

高比不喜歡左手的投籃力度比右手弱，他聽電視的評論員說球員各有弱點，他知道左手是自己的弱點，開始加倍用左手投籃，希望左手和右手有同樣力量。

當他跟椅子和垃圾簍練習籃球的時候，以為可以一直在家練習下去，沒料到他們一家要搬走了。因為他的

爸爸無法在NBA繼續職業生涯，只好由頂尖球會轉到二線球會去，還帶同家人搬到意大利定居，那兒有球會聘用他。

高比認識的鄰居和幼稚園的朋友不多，不過，當他想到不能再見幼稚園的同學時，依然有點失落。

來到全新的環境後，高比很快適應南歐的天氣和生活，還被四方八面的新奇事物吸引，剛到埗時，他很喜歡新學校的。然而，他很快發現其他人用另一種語言交談，即使學校用英語教學，同學在小息時依然會用其他語言交談。

在陌生語言的環境生活，高比開始有點不知所措。雖然他努力認識新朋友，但小朋友對新來到的高比有點抗拒，也許高比的母語跟其他小朋友不一樣，也許他的膚色不一樣，總之，他千辛萬苦才認識到第一個意大利朋友達里奧。

達里奧是活潑好動的男孩，看見班裏來了插班生，還要坐在他的前面，覺得他的頭髮很特別。同學的深棕

色皮膚很特別，頭髮黑得比黑夜還要黑，每條頭髮都是鬈曲的，跟他的金直髮完全不一樣。達里奧坐在他後面幻想，要是有些螞蟻走入他的頭髮裏面，全部螞蟻一定會在他的鬈髮裏迷途。

達里奧研究新同學的髮型後，間中會趨前看他的樣子，看了又看，他從來沒有見過膚色這樣深而牙齒這麼白的小朋友。

小息的時候，達里奧和同學一起玩耍，遠遠看見沒有人理會新同學，他在一羣同學中格外明顯，像個小小的黑點，覺得他怪可憐。

新同學上學一星期後，達里奧在小息時間坐在課室休息，新同學突然轉過頭，達里奧嚇了一跳，只見同學笑起來，牙齒白得反光，笑説：「我是高比。」

「我知呀，老師有介紹的，我是達里奧。」

高比説：「我知你是達里奧呀，老師上課時曾喊你的名字。」

他近距離細看高比的樣子，終於忍不住問：「你是

非洲人嗎？爸爸說大海的對岸就是非洲，街上有許多非洲人的。」

「爸爸說，我們是非裔美國人，我是在美國出世的。」

「美國？很遠嗎？」

「很遠。」

「為什麼來這兒？」

「爸爸來這裏工作。」

「我爸爸是攝影師，你爸爸呢？」

「爸爸是籃球員。」

「足球員嗎？」達里奧狐疑問。

「籃球員，職業籃球員啊。」

「我爸爸只看足球比賽的，籃球員是怎樣的？」

「籃球比賽很好看的，籃球員參加籃球比賽，你沒有看過嗎？」

「沒有。」

高比感到失望，以為人人都喜歡籃球的，他轉回自

己的座位，覺得達里奧無意跟他做朋友，沒料到達里奧拍拍他的背，説：「足球都好看的，我們可以一齊看足球的。」

高比笑起來，連忙轉過身來使勁點頭，終於認識第一個意大利朋友。

「我們還可以一起踢足球的。」達里奧説。

高比雙眼發亮，連忙點頭。他不曾跟朋友踢足球，不過，他相信一定好玩的。

在初小的兩年期間，達里奧經常約高比和其他同學一起踢足球，有時放學踢，有時星期日在街上踢。他們住的小鎮社區很安全，家長都放心讓孩子到附近玩耍。

高比漸漸喜歡跟朋友踢足球，透過達里奧，他還認識了不少名字獨特的小朋友，很快可以用當地語言跟大家溝通，他以為整個小學階段都會跟他們一起踢足球度過的。

現實跟想像往往不同，高比的爸爸兩年約滿後，再要轉到南部的球會去，一家人要搬到另一城市去，高比

再次要跟小朋友說再見。

「我要搬走了。」高比跟達里奧說。

「要走？」達里奧驚訝問。

「對，我們要搬到南部城市去。」高比說。

達里奧首次跟好同學說再見，忍不住哭起來，高比同樣傷心，只是沒有哭泣而已。

跟達里奧和一班同學交朋友兩年，高比早已說得一口流利的意大利語，所以，來到南部城市以後，他在新學校很快認識新朋友，努力適應新的環境。

當他適應新學校的教學進度，開始跟同學和朋友培養友情的時候，高比爸爸的兩年合約又到期，再度轉會去另一城市。高比再次跟隨家人搬到陌生城市居住，已經不願意重新認識新朋友，因為，他知道爸爸的兩年合約很快到期，他又要跟新朋友說再見，他不願再次為離別傷心。

除上學外，高比很少外出，因為沒有朋友約他出去踢足球，也沒有朋友約他一起去看電影。兩個姐姐比他

適應新環境，兩姊妹不時結伴外出，她們也會約高比，但高比對女孩子的逛街聊天完全沒有興趣，寧願一個人留在家裏，最開心的就是收到爺爺寄來的籃球比賽錄影帶，那些錄影帶為他打開夢想之門。

有時候，爸爸跟他一起看，但更多時間是他自己看的。由於課餘時間沒什麼特別事要做，加上他最喜歡看球員每個動作的細節，於是不斷重複去看，每盒錄影帶都會看無數次，更被有「魔術手」之稱的名將球技迷住。

高比起初看籃球賽錄影帶會在心裏問自己：「我可以成為這樣的球員嗎？」

不斷重複看球賽後，高比跟自己説：「我要成為這樣的球星。」

高比沒有跟朋友説他的夢想，嚴格來説，他沒有什麼朋友，況且，班裏的同學大多愛踢足球。高比覺得踢足球好玩，跟同學一齊追看足球比賽直播同樣有趣。不過，看足球跟觀賞籃球比賽始終不一樣，他最愛一個人

不斷重看籃球比賽錄影帶。

放假的時候，高比會跟朋友一起到球場看足球比賽，有時到同學家裏一起看足球直播賽事，那是熱鬧開心的，他欣賞踢法流麗的球賽，可以從觀眾的角度投入去看。

當他獨個兒細看籃球比賽錄影帶的時候，高比想成為球場內的一員，他不是觀眾，他是籃球場的球員，錄影帶入面的人是他的隊友和對手。他要細看球員的每個動作，拿起遙控定格重看，連「魔術手」的十隻手指怎樣運用都看得清清楚楚，對他的手指比自己的更熟悉。

由於經常搬屋和轉校，儘管高比是合羣的孩子，他始終是孤獨在家的多，最好的朋友就是電視錄影帶裏的球星。他很熟悉每個球星的背景和技術，跟他們是老朋友似的。

每次投入地細看籃球比賽的時候，他是孤獨而不會寂寞。

高比的爸爸宣布正式退出籃球界後，一家人就搬回

美國居住。

高比的爸爸留意到兒子沉迷看籃球比賽，有天見家裏無人，妻子和兩個女兒外出購物，兒子在客廳重看籃球比賽錄影帶，於是走到他身旁的沙發坐下，不經意似的問：「你可有想過將來做什麼？」

「我要做職業籃球員，像爸爸一樣。」

「你想做的話，我和媽媽都支持你。」

「不過，我好害怕。」高比低頭説。

「什麼？我的兒子怎會説害怕？」

「我怕做不到球星，我怕得分太少。」高比深深吸一口氣，將困擾多時的憂慮説出來。

爸爸大笑起來，單手搭住高比的肩膀説：「你是我的兒子，無論你得到五十分，抑或零分，你都是我最愛的兒子，我永遠為你自豪。」

高比反手搭住爸爸肩背，像兩個大男人並排坐在沙發上，驀然想起六歲時上空手道班的情況，那種感到害怕的時候的心跳加速感覺。

「還有令你害怕的事？」

「你記得帶我上空手道班嗎？」高比問。

「怎樣？連空手道也害怕嗎？」

「不是，」高比說：「我想說，那是我最後一次被嚇倒的，我以後不會被嚇倒的。」

「最後一次？」

「對，最後一次。你記得嗎？那時候，我只是橙帶，教練要我跟一個年紀和身型都比我大的黑帶對打，我真的嚇壞了。」

高比的爸爸笑起來，以誇張的語氣問：「怕被他打傷？」

「不是，是他走出來的時候已經把我嚇壞。不過，他踢我屁股後，我就知道就算被他踢我屁股都沒有什麼可怕。」

「以後不怕人踢你屁股？」爸爸笑說。

「不怕，只要我認真練習，無論遇到什麼對手都不必恐懼。」

「還喜歡空手道嗎？」

「因為空手道，我才認識截拳道，爸爸，我好喜歡李小龍呀。」

「喜歡他什麼？」

「我喜歡他的武學精神，努力鍛煉自己，不容許自己失敗的。」

「你記得，無論你在比賽得五十分還是零分，我們都一樣愛你，就算失敗都不必恐懼。」

「我不會失敗的。」高比說。

高比知道美好的未來在等待他，只要他夠努力，只要他非常非常的努力，自然可以達成夢想。

✦ 第二章 ✦
我不想成為佐敦第二，只想做高比

許多人有一生一世的朋友，也許是小學同學，或者是中學同學，上課的時候日日見面，課餘一起參加活動，即使有一天不再一起讀書，起碼都有十年八載的友誼，畢業後繼續聯絡的更多。回想起來，許多人會想起成長期有一大羣朋友，一起做傻事蠢事哭過笑過。

高比的成長期沒有超過兩年的朋友，跟隨爸爸移居意大利期間，差不多每兩年就要搬去另一個陌生城市，待爸爸從籃球圈退役後，一家搬回美國生活的當下，高比感到自己對意大利比美國熟悉。

高比離開的時候是小學生，回來時是中學生，家鄉早已變成異鄉，他要重新適應這兒的生活方式。

中學沒有人跟高比說異國語言，沒有朋友約他看歐

洲足球聯賽，也沒有朋友約他上街和閒聊，因為，他根本沒有朋友，跟每次去到陌生城市生活一樣，高比要由零開始認識新朋友。

對高比來說，意大利和美國的分別是現在可以看籃球賽直播，不用等爺爺寄來的籃球比賽錄影帶，不過，他依然會錄影籃球比賽，然後重看無數次。他熟悉每場球賽，熟悉每個球星，每個籃球員都像他的老朋友，在他看籃球比賽的時候，他不會感到孤單，不管他在意大利還是美國。

報讀中學的時候，他選擇籃球隊最好的中學，輕易以精湛的球技考入心儀的中學，開始忙碌的讀書生活。

佐治是他在學校認識的第一個同學，他們一起報考籃球隊，高比以最佳成績入選，佐治以後備形式加入，因為有個學生轉校，他才有機會加入學校的籃球隊一起練習。

有日放學練波，佐治很快就氣喘如牛，手軟腳軟，結果被教練換出場外。他在場邊看高比矯捷的身手，好

生羨慕。

訓練結束後，佐治見高比一邊抹汗一邊經過他的身旁，隨口問：「累嗎？」

高比沒有想過同學會主動跟他說話，隨口說：「不累。」

佐治問：「有看昨日的球賽嗎？」

「有，當然有。」

「佐敦一出場就知公牛會贏，我最喜歡佐敦，你喜歡嗎？」

「我當然喜歡佐敦，人人都喜歡他的。」高比說。

「因為喜歡他，我才愛上籃球。」

「我都是，不過，起初最喜歡『魔術手』，真的，籃球在他手中都像變魔術一樣，還未看清楚已經穿針入樽了。」

「形容得真好，我未聽過有人這樣形容他的。」

「我重看他的動作超過一百遍，有時都看不清楚，真的像變魔術。」

「一百遍？」佐治吃驚問。

「看球賽錄影帶的時候，用遙控不斷重看，起碼一百遍。」

「嘩，你比我更愛他。」

「我不是愛球星，我愛籃球。」

「我是佐治。」

「我知，我是高比，我記得隊友的名字。」

「如果我不是佐治而是佐敦就好了。」

「世上只有一個佐敦。」

「我想做佐敦第二，你都想吧。」

高比笑起來説：「我不想成為佐敦第二，我只想做高比。」

「你做到佐敦第二才説。」佐治沒好氣説。

「我不會做佐敦第二，總有一日，籃球隊的中學生都想做高比第二。」

佐治聽了忍不住笑起來，其他隊友聽到，走過來取笑高比。彼得説：「你做到佐敦第二的話，我可以做美

國總統了。」

「我做林肯第二。」約翰說。

大家笑起來，高比沒有理會其他人，包括佐治，獨個兒走到更衣室去。

高比在球隊表現出眾，也許太出眾，隊友越來越不喜歡他，私下罵他驕傲自大和自私獨食。

隊友和同學的批評，大多是沒有人可以辯白的「罪名」，就算最謙虛的人都可能被人指為目中無人，因為不用證據，不喜歡你的人不會因為你有任何改變而喜歡你，所以，面對被孤立的方法就是接受，如高比一樣，一個人繼續上課和打籃球就是。

回家後，高比沉醉於他的球賽電視直播和重播錄影帶之中，每個球星都是他的老師和朋友，他們「身教」籃球技術，透過傳媒訪問和報道，不少球星還教他待人處世之道。

整個中學生涯，高比只有佐治一個朋友，其實也不算是很好的朋友，因為佐治在中一退出籃球隊，轉到足

球隊去，從來沒有跟其他隊友一齊排擠他。

佐治跟高比在校園碰面的話，間中會閒聊籃球，有時談歐洲足球圈情況，總有聊不完的話題似的。然而，沒有遇到的話，他們不會致電相約外出活動，或一起去看電影，或到對方的家裏吃茶點看電視的。

升上高中後，高比在中學籃球界的優異成績很快傳遍全國，佐治為高比開心，有一天放學遇到高比走在前面，追前幾步，跟他打招呼。

高比見是佐治，點點頭當作打招呼。

剛上中學時，佐治跟高比高度相若，幾年後，佐治要抬起頭才看見高比的表情，想起中一時放棄籃球是對的。由於腳短，高比走兩步佐治要走三步，他要不停加快腳步追上高比，邊走邊仰起臉問他：「唏，你現在是最出名的中學學界球星，打算直接入NBA嗎？」

「我都想的，不過，從來沒有中學生直入NBA，個個都是大學時期被選入去的。」高比望向前方說。

佐治心想，難怪同學都說他目中無人。

　　高比見佐治沒有回答，停下腳步，稍稍低頭問：「你跟我走同一方向嗎？」

　　「對，媽媽今日來接我，她的汽車泊在這邊。」佐治說，想了想補充。「你可以做第一個呀。」

　　「我想快點入聯賽，不想讀大學了。」

　　「讓我想想，確實沒有中學球員轉打NBA，連佐敦都不是。」

　　「我不知多希望早點打職業賽，根本無興趣讀大學。」

　　「讀大學好呀，我最想讀大學，大學才有純數，數學的世界最美麗。」

　　「中一的時候，你好像說過想讀醫的。」

　　「我跟你說過嗎？那時候最想做醫生。」

　　「你變心了，現在又想讀純數，那麼你還有踢足球嗎？」

　　「很少落場了，入大學之後不會。」佐治說。

　　「你記得自己說過愛上籃球嗎？」

「哈，你竟然記得。」佐治笑說：「我變心了，我很易變心的。」

高比笑起來，沒有說話。

「你只愛籃球嗎？」

「我只愛籃球，永遠永遠都不會變的。」高比語氣堅定說。

「希望你做到佐敦第二。」佐治由衷祝福。

「我不會做佐敦第二，我只會做高比。」

「或者，你可以做佐治第二的。」

「誰要似你？」高比誇大厭惡表情說，佐治打他一下跑掉，高比追上前，很快就追到佐治，裝作要打他。

佐治用手擋開，不再跑了，彎下身來喘氣，好一會才可以說話：「你跑得比以前快得多。」

「我日日練跑的。」

「我都有練跑，以前每次練波前都跑十個圈。」佐治說。

「這就是我愛籃球而你不愛足球的分別，我日日練

跑，而你很久沒練跑吧？」高比説。

「知你出色了，你可以做第一個中學生入NBA呀，你可以是高比第一，之後的中學生可以做高比第二。」佐治有點不滿説，心想，難怪人人説他驕傲自大。

高比搖搖頭，他並非炫耀自己的努力成果，只是希望佐治同樣努力，但不知道如何解釋。

佐治看見母親的汽車停在附近，原本想揚手跟高比示意再見，稍稍停頓，想了想問：「你去哪兒？如果順路可以一起的。」

「我想去健身室。」

「很少中學生去健身的。」

「我要準備最佳的身體和體能打籃球的。」

「又要批評我不健身嗎？」佐治一臉嚴肅説。

「不是這樣的。」高比着急起來，想解釋又不知從何説起。

佐治突然大笑，説：「跟你開玩笑而已，看你的樣子那麼緊張，很有趣。」

高比知道自己被佐治作弄後，不怒反笑，很少朋友跟他開玩笑的。

「你的健身室近市中心嗎？」佐治帶笑問。

「近呀，就在市中心。」

「我叫媽媽載你一程。」

他們一起往佐治媽媽停車的地方走去，佐治沿途不時跟遠處的同學打招呼。高比望向朋友眾多的佐治，想到自己還是一個人，聳聳肩，只好接受一切，繼續跟佐治一起向前走。

上車後，佐治跟媽媽說：「我的同學高比。」

「啊，你就是中學籃球明星高比。」她從司機位轉頭望向高比說。

「媽，別失禮。」佐治連忙說。

「我是打籃球的。」高比對佐治媽媽說，然後說了健身室的地址。

「你想入NBA嗎？」佐治媽媽一邊開車一邊問。

「當然，我想加入最喜歡的球隊，我要成為第一得

分手。」高比認真回答。

「嗯。」佐治媽媽漫不經心回應，覺得這小子未免想得太美，以為自己可以一步登天。

「你想做得一得分好手？」佐治笑問：「你想做最頂尖的球星？」

「對，我將會贏取五至六個冠軍，我要成為籃球場上最優秀的運動員。」

「嗯。」佐治媽媽覺得這小子的想法太天真，忍不住搖搖頭，自顧自地笑起來。

高比在望後鏡看見她的表情，知道她並不相信，他瞪大眼說：「我可以的。」

「嗯。」佐治媽媽敷衍道。

高比想了好一會，以堅定和認真的語氣說：「我會成為NBA的韋史密斯。」

佐治說：「我喜歡看他的電影呀，以非裔明星來說是最出名的。」

他們開始閒聊電影，幾乎忘了自己身在何處，直至

佐治的媽媽説：「到了。」

　　高比落車之前，再一次認真地對佐治媽媽説：「我一定做得到的。」

　　「嗯，」佐治媽媽説：「認真練習，希望有天在電視看見你拿金指環。」

　　「肯定會。」高比關上車門時説。

　　開車後，佐治媽媽在望後鏡看見高比年輕的身影漸行漸遠，笑説：「你的同學真會説笑。」

　　「他是認真的。」

　　「好呀，有志氣。那麼，你想做什麼界別的畢比特呢？」

　　「我想做數學家，」佐治説：「不過數學家不會上電視的。」

　　「我的兒子可以做數學界的佐治古尼吧。」

　　「媽，你真會説笑。」佐治沒好氣説。

　　「嗯，我是認真的。」佐治媽媽笑説，稍頓一會，説：「高比看來有點孤獨啊。」

「他的球技超班，又重視入球得分和勝利，沒有多少人喜歡他。」

「他適合做球星呀，球星不必跟隊友交朋友，跟數學家一樣寂寞。」

「數學家可以有許多朋友呀。」佐治抗議。

「才怪，每個數學家都是獨自思考，你參加啦啦隊就多朋友。」

佐治想了好一會，説：「我不做數學家，我去賣雪糕，雪糕店老闆可以讓人人開心，這樣我就可以有許多朋友。」

「對，賣雪糕可以讓人人開心，做球星都不可能人人喜歡你的。」

「高比有次跟我説，他被人排擠並不好受，只好拚命練波，他用抑壓的憤怒來打籃球的。」

「這樣説來，這小子也不簡單，説不定，他真的可以達成夢想。」

佐治點點頭，他相信高比可以成為佐敦第二的，一

定可以。

　　他們讀高中最後的一年，有學界球星破天荒以中學生身分直入NBA球隊，成為史上第一人。那一刻，佐治和高比都知道高比可以做第二個，不必報讀大學。

　　高比的成績是中學學界球員最好的，場均得分超過三十分，十二個籃板球，六次助攻，四次偷球和三次封籃，更為自己就讀的中學贏得了五十年來的第一個州際冠軍。高中總得分近三千分，打破多個中學紀錄，近乎囊括所有學界獎項，讓高比可以跳過大學，直接進入NBA，如願加入他最喜愛的球隊。

　　佐治升讀大學後，從傳媒報道知道高比在球隊開始出賽的消息，很為他高興，但沒有再跟高比聯絡。他覺得，高比已經是天上遙遙的新星，而他只是平凡的大學生，大家漸漸疏遠是正常的。不過，佐治一直追看高比的球賽，每次看見高比上場，都像跟朋友聚會一樣，看得格外投入。

　　有次跟同學一起看球賽直播，佐治談起當高比是朋

友，同學一起噓他，彼得說：「我不會跟這樣的人做朋友，人人都說他囂張。」

「我不覺得他囂張，我覺得他只是一個普通的中學生。」佐治說：「他花了太多時間在練習之上，沒有像我們一樣相約打波和看球賽吧。」

「沒有人喜歡跟他做朋友的。」約翰說。

「你們排擠他，可知他會難受？」佐治說。

「人人都排擠他，排擠他才是正常。」約翰說。

「我樂意跟他做朋友，莫非我不正常？」

「你感覺不到他驕傲自大嗎？你把他視為朋友，他現在可有當你是朋友？」約翰問。

「他很忙，我不會打擾他的。也許，他已經忘記了我，不過，我知道我們曾經是朋友。」佐治訕訕然道：「他現在是球壇新星，我只是普通人。」

「誰說你普通？你是人人喜歡跟你交朋友的佐治，你有我們這班朋友，他沒有朋友呀。」馬基說。

「你怎知他沒有朋友？你不認識他。」佐治說。

「他不會跟隊友做朋友，也不會跟其他籃球隊的人交朋友，怎會有朋友呢？」馬基說。

佐治正想說話時，球賽開始，約翰以手勢示意大家靜下來，拿起桌子上的啤酒，還未喝完，大家已為第一個入球歡呼，約翰連忙放下啤酒一起舉手歡呼，大家開始閒聊球賽。

剛讀大學時，佐治由跟一班朋友看球賽，到升讀二年級開始，他只跟當娜一起看。認識當娜後，發現大家有說不完的話，當娜同樣喜歡看球賽，不時相約一起看直播。

佐治一直做兼職儲零用錢，為了慶祝女友生日，花盡積蓄千辛萬苦撲到兩張籃球比賽門票，跟當娜穿州過省去捧高比場。

自從佐敦急流勇退後，籃球圈失去焦點，大家都在尋找佐敦第二，以高比的呼聲最高，他開始成為比賽焦點，得到大眾認同。

佐治和當娜提早入場，即使坐「山頂位」，由於是

首次現場看球賽，兩人都非常高興。

開場前，佐治跟當娜說：「你知道嗎？高比高中時，曾經單場拿下五十分。」

當娜一早知道高比的學界成績，仍然流露感興趣的表情，讓佐治說下去。

「高比十八歲就由中學直入NBA呀。」

「啊──」當娜點頭，專注望向佐治，表示有興趣聽下去。

佐治知道附近的觀眾未必有興趣聽，壓低聲音說：「他在全明星新秀賽獨得三十一分，在入樽賽上以胯下換手入樽奪得冠軍，高比的左右手同樣靈活，很少球員做得到的。他還拿到年度最佳高中生球員、全美年度最佳高中球員、全美最佳陣容、今日美國全美第一陣容球員，嗯，還有什麼呢？一下子想不起來。」

「他還贏得全世界最佳好友佐治。」當娜笑說。

佐治笑起來，緊握當娜的手，但覺心頭一暖。

隨即球賽開始，佐治看見十二歲認識的爆炸頭鬈髮

朋友成為光芒萬丈的籃球新星，感到不可思議，即使他坐在後備席，依然是無數青少年夢寐以求的位置。

佐治想像如果落場的是他，看見那麼多球迷熱情的眼神，一定很開心，即使球隊一直落後。

還有四分鐘就要完場，高比的球隊依然輸三比零，主教練決定派高比上場，事出突然，全場人連同高比都是一怔，不過，高比很快回過神來，隨即熱身上陣。

「你朋友上場啦。」當娜低聲說，她聽佐治談及高比超過一千次，每次都要露出百聽不厭的表情，回想起來，自己都忍不住笑。

「不但是朋友，曾經是好朋友呀。」佐治壓低聲音但不無誇張道。

「他的表情好像還未準備好。」

「不會的，高比隨時都準備好，你看他的眼神就知道。」

高比落場後，全場觀眾屏息以待，期待看他連入幾球，扭轉劣勢。

　　佐治看見高比高速繞過防守人，在罰球線起跳，隨即投射。

　　全場觀眾靜了下來，佐治尤其緊張得不得了，整顆心像懸空似的，心跳不斷加速，以為高比一定入球。

　　佐治瞪大雙眼，看見那籃球在空中劃出美麗的弧線後，連籃球圈都碰不到就下墮了，對方球員即時接住籃球，再度反擊，然後入球。

　　全場一陣歡呼聲夾雜零星噓聲，歡呼聲給入球的球員，噓聲全是給高比的。

　　佐治難掩失落的神情，當娜安慰他說：「還有兩分鐘，高比會有精彩表現的。」

　　比賽繼續，高比在籃底投籃，再度落空。

　　隊友搶到籃板，再傳球到三分線外的高比，佐治見高比站在較三分線還要遠兩步的位置，由於太遠，很少球員可以在這距離灌籃，大家以為高比會傳給隊友，沒料到高比竟然自己投籃，而且四分鐘內三度拋投，三度落空。

全場滿是噓聲，隨哨子聲響起，球賽結束，高比成為球隊的輸波罪人。

高比彎下身來，雙手按住微曲的雙腳膝上，有點喘氣，用口咬住汗衫一角，非常不甘心。四分鐘足以令人汗流浹背，也足以令人懊悔不已。

高比回過氣來，稍稍抬起頭望向觀眾席，由於燈光關係，他看不清楚觀眾臉孔，只是下意識望過去，好像看見觀眾席有張熟悉面孔跟他揮手，但不肯定，還未及反應過來的時候，隊友已經拍拍他的肩，以示安慰。

佐治看見高比望向自己，不斷跟他揮手，但高比很快轉移視線。

當娜看在眼中，輕輕說：「他今日三次失手，一定很難過，不想被老朋友看見的。」

「對，他不願知道別人記住這場比賽，但人人都會記得的。」佐治誤會高比刻意不理會他，有點生氣說：「以前的隊友說他獨食，不肯幫隊友傳球和助攻，只管自己的投籃成績，現在看來，也許他真是獨食得難看，

沒有朋友，觀眾都喝倒彩。」

「佐治，你不要這樣數落朋友吧，你想説最後那一球嗎？」當娜頓了頓説：「相信是時間緊迫，還有幾十秒，他急於投籃，沒有想過還有時間傳給隊友，沒有時間思考傳球助攻會否更好。」

「你説的也是，臨場判斷很難説，加上他經驗不足啊。」佐治想來，他不應加入批評高比獨食的，他很久沒有跟高比打籃球了，憑什麼批評他呢？

當娜見他展露笑容，笑説：「我們下次儲夠錢買現場票的時候，他的球技一定更好的。」

「好，我回去繼續做兼職，下次見他的時候，他可能做到佐敦第二。」

「個個都想做佐敦第二，他想過嗎？」

「他想做呀，噢，我説錯了，他不想做佐敦第二，他只想做高比，下次看他比賽時，或者，他已經是獨一無二的高比。」

當娜喜歡佐治心胸廣闊關懷朋友，輕挽他的臂彎站

起來，他們隨觀眾離開球場，沿途聽到附近的觀眾評論高比的表現實在差勁。

高比在這場球賽的的失誤令隊友更不喜歡他，教練就是想用四分鐘時間讓高比明白自己的局限，事實做到了，沒料到高比沮喪得不得了，大家又要想方法讓他回復自信。

球隊總經理約見高比，跟他說：「你投籃的手勢有問題，不改進的話，無法進步。」

高比點點頭，說：「我會加倍努力練習的。」

「要有人指導你的，你去找佐敦教你改進球技，他會告訴你如何提高水平。」

高比以為自己聽錯，沒有回答。他有點不服氣總經理批評他投籃手勢有問題，也不認為佐敦會教他。

「你約佐教討教啦。」總經理再說。

高比問：「我去找佐敦？他會教我嗎？」

總經理微笑點頭說：「去吧！」

球隊總經理早已跟佐敦約好指點最有潛質的新人，

所以，高比去找佐敦時，佐敦表示樂意教他，跟他約好在訓練場見面。

高比很重視跟偶像前輩見面的機會，早睡早起，養精蓄銳，務求以最佳狀態出現。

約定時間是上午九點，高比提早半小時到達場地，準備等候佐敦到來。

踏入訓練場地的時候，高比被眼前所見的嚇呆了。

整個籃球場只有佐敦一人練習，但見他身上的籃球衫早已濕透，顯然已經練習了一段時間。

高比有點不好意思，離遠高聲說：「早晨。」

佐敦沒有停下來，一邊投籃一邊說：「早晨。」

高比連忙熱身，走近說：「我早到半小時，你為什麼比我更早？」

佐敦找來毛巾抹汗，稍稍平定急喘的呼吸後，冷然說：「我習慣早到一小時熱身。」

「一小時？」

「根據科學分析，練習前做一小時熱身運動，可以

提高訓練效果。」

「你習慣一小時熱身？我們只用十五分鐘至半小時熱身的。」

「訓練前熱身一小時，不但可以提高訓練效率，還可避免受傷。」佐敦道。

「我下次會早到的。」高比認真回應。

「早到是必須的，運動員除了講求天分、紀律和熱情之外，還要配合科學分析的體能訓練。你準備好沒有？」

高比點點頭，再做熱身，開始跟佐敦學習。

高比珍惜這次機會，即使站在佐敦面前，仍然不大相信可以接近遙不可及的偶像，偶像還親自教他各種技巧，讓他開心得有種不真實的感覺。也許，夢想成真就是這種感覺。

連續十五日，高比日日都早到一小時以上，在佐敦的訓練下，高比發現自己的投籃手勢大有進步，開始信心大增。

凌晨四點的洛杉磯

　　來到訓練的最後一日，高比投籃後，期望佐敦給他稱讚，沒料到得到的是否定。

　　「不是這樣的。」佐敦説。

　　「我跟足你的教導，不是這樣嗎？」高比明明跟足佐敦説的投籃姿勢，但佐敦説不是那樣，令他頓時茫然起來。

　　「比賽的時候分秒必爭，我們贏的不是技巧，而是感覺，你投籃的感覺仍不準確。」

　　「感覺？」高比狐疑起來，他以為談戀愛才講求感覺的。

　　「感覺，你要了解你和籃球之間的感覺，你要知道那一下投籃是否可以入樽，即使閉上眼睛，單憑感覺都可以知道。」佐敦説。

　　「我要怎樣做呢？」

　　「你每日至少投籃一千次，自然會明白我所説的投籃的感覺。」

　　「一千次？」

「唔，我要更正。我的意思是不少於一千次，你可以每日投籃二千次的。」佐敦說。

高比呆住了，他沒有想過每日要練習投籃二千次，定一定神以後，認真問：「這樣練習很重要嗎？」

佐敦肯定回答：「當然重要，即使你再有天賦，如果不懂體育科學，欠缺有系統而艱苦的訓練，你什麼都不是。」

高比從中學開始就被人稱讚是天才球員，他沒有想過自己在佐敦眼中會變成什麼都不是。他再問一遍：「一千次會否太誇張？我讀高中時，每天最多投籃三百次。」

佐敦輕笑起來，說：「你現在讀中學嗎？你還要說高中的練習嗎？當我像你的年紀時，我的教練要求我每天練習二千次投籃，這樣才能掌握投籃的感覺。我做得到，並且認為有效的才跟你說。由現在開始，你每天起碼練習一千次中投和五百次遠投，你自然明白我說的感覺。」

　　高比深深吸一口氣，以堅定語氣說：「每天練一千次中投和五百次遠投，好，我練，我會好好練習。」

　　佐敦微微一笑，他知道兩人在球場交鋒的話，他會輸給眼前的青年，但是不要緊，籃球界要不斷有新的球星，星光熠熠的球壇才好看的，佐敦樂意將新人訓練得更出色，甚至不介意新人有天比自己出色。

　　高比覺得佐敦就像是由偶像神壇走下來，變成他的大哥哥。他有兩個姐姐，雖然關係密切，始終想有一個哥哥跟自己相處，現在覺得佐敦就是他的哥哥，非常敬愛他。

　　童年時，高比喜歡「魔術手」，到「魔術手」因病退出後，開始沉迷於佐敦的球技。難得現在可以承教於他，高比開始沉醉於佐敦提出的練習方法，每日投籃超過一千次，一千次中投，五百次遠投，練習多了，開始掌握到投籃的感覺。

　　與此同時，他不斷重看佐敦的比賽錄影帶，連最細微的地方都放大來看，不但學足他的奪球、控球、走位

和投籃手勢，連他私下的小動作都模仿十足。比方説，佐敦不時低頭咬住自己胸前的球衣，高比連這小動作都學會，即使他不願承認，人人都默認他是佐敦第二。

　　當體育記者問他咬球衣的小動作是否模仿佐敦時，高比總是笑説是爸爸教他的，口渴的時候沒有水飲，咬球衣可以解渴……信不信由你。

第三章　奉獻精神令夢想成真

世上有無數人童年夢想做籃球球星，只有極少數人能夠夢想成真。有人歸咎為先天條件不足，埋怨自己不夠高、不夠肌肉或跑得不夠快等，很少人想到是不夠愛。他們對夢想愛得不夠，並非真心熱愛籃球，沒有奉獻精神，如高比展示的愛和奉獻。

高比並非天賦最好的球員，先天條件比他好的大有人在，但他肯定是有史以來最勤力的球員，總是一個人孤獨練習，比其他球員多練幾小時。

球隊早有盛名遠播的「巨無霸」奧尼爾壓陣，加上高比，兩大球星的鋒芒掩蓋一般球員，例如，長期做後備的積臣，在兩大球星的星光下黯淡無光。

積臣一直想脫穎而出，但限於先天條件，加上他無法像高比那樣努力練習，只好成為近乎隱形的隊員，主

要是後備，偶然可以出場幾分鐘，已經很難得。他總想掌握幾分鐘機會，但每次都難以爭取理想表現。積臣知道，像他這樣的籃球員實在太多，他的籃球職業生涯隨時會結束，或要去競爭沒有那麼激烈的歐洲發展。

積臣不曾跟高比單獨傾談，見面當然會打招呼，但他知道大家級數不同，如果高比要有隊中朋友，他一定選擇奧尼爾，即使許多人在他們背後說他們不和。

許多隊友覺得高比看不起他們，積臣也無意高攀心高氣傲的高比。有時練習前後見到，大家會點點頭打招呼，積臣以為直至他離隊都是這樣，從來沒有想過會有機會認識高比的另一面。

籃球和體能訓練都令人疲累，積臣每晚躺在牀上，不到三分鐘就沉沉睡去，一覺到天明。

這晚無故從夢中驚醒，積臣感到莫名其妙，他從來不會在天還未光之前醒來的。積臣伸手摸向牀頭櫃，原本想找手錶看時間的，但怎樣都摸不到，連忙開燈，更要從牀上坐起來。

積臣回想這天出外時，他有戴手錶去訓練場的。細想整日所做的事情，相信在訓練場的更衣室遺下手錶。雖然手錶是便宜貨色，但那是母親送給他的生日禮物，很有紀念價值。

他的母親是單親媽媽，靠做清潔工賺錢養大積臣，當積臣努力工作賺錢想給她享受安穩舒適的生活時，她因患惡疾離世。

他們一直很窮，積臣從小在街上打籃球，在社區打出名堂，然後在中學學界有不錯成績。積臣十八歲生日的時候，母親送他手錶做生日禮物。積臣拆禮物後，非常生氣，並非為手錶價值不高而生氣，而是想到那是母親辛辛苦苦儲錢買給他的。他跟母親說過許多遍，不要花錢在他身上，他寧願不要手錶，只願母親吃好一點和睡多一點，他為母親過於辛勞而生氣。

天還未亮，積臣看看手機，知道還未到半夜四點，決定起牀梳洗，及早到訓練場找他的手錶。

駕車駛近訓練場的時候，積臣遠遠看見訓練場亮了

燈，還傳出聲音，他知道有人正在練習，隨即想到一定是高比。人人知道高比是練習狂，每日要投籃一千次才罷休，起碼一千次。

全體練習的時候，高比一定參與，大家未到訓練場時，他一個人練習，當隊友都回家以後，他一個人留下來繼續練習。所以，他每日練習的時間比其他職業選手多幾小時。

在天還未光的時候聽到有人練習的聲音，人人都知道是高比，肯定是高比。

積臣沒有跟高比打招呼，繞過場邊，先到更衣室找尋手錶，但無論攀高還是俯伏都不見手錶，找遍更衣室的每個角落仍找不到，只好返回球場，看見高比已經流汗到全身濕透，運動衫差不多可以滴水，不知他已練習多久。

整個籃球圈的人都說高比恃才傲物，沒有朋友，沒有人喜歡跟他說話。即使是隊友，積臣跟高比的對話也只限於打招呼。他不打算問高比手錶下落，自己繼續尋

找，但找遍全個場館都看不見，不得不開聲問高比。

「唏，」積臣高聲問：「你可見過一隻手錶？」

高比停下手，任由籃球在地上彈跳，轉身望向他，問：「怎樣的手錶？」

積臣有點兒生氣，覺得傳聞是真的，高比真是難相處，如果他看見手錶就說看見，不見就不見，幹嗎要問手錶模樣呢？

積臣按捺怒氣，冷然道：「皮帶手錶，金色面。」

高比想了想，指向牆邊一個角落說：「你看看是不是那一隻。」

積臣連忙跑過去，明明在這角落找過一遍，偏偏看不見，此刻才發現是自己遺下的手錶，開心不已，轉頭向高比說：「謝謝。」

高比聳聳肩，露出一口潔白整齊的牙齒笑說：「別客氣。」

積臣取回手錶，準備離開，高比問：「既然來到訓練場，為何不練習？」

積臣看看自己穿上球衣和球鞋，完全適合練習，隨即落場，跟高比一對一練習。

「我讓右手。」高比說。

積臣知道他對練習苛刻，接受他的建議，讓他將左手練得更強壯。高比收起右手，看來是驕傲輕敵，實際是他的自我要求，他要自己在最困難和最大限制下打出水平。

積臣發現即使高比只用左手，他的走位和攔截依然厲害，兩人打得難分難解。由於高比讓了右手，積臣最終險勝，但他知道他跟高比的實力相距甚遠。

高比走到一角拿毛巾抹汗，然後從運動袋拿出後備毛巾給積臣，再給他一枝水。

積臣見他親切得不像平日的高比，不禁問：「你平日對我們是否太苛刻？」

高比想了想，說：「我相信最尊重隊友的方法就是讓大家拼盡全力上陣。」

「你刻意挑釁隊友？」

「沒有，沒有挑釁，我只是激勵士氣。」高比說。

「嗯，」積臣想了想說：「好像佐敦。」

「佐敦會罵隊友的，我不會。」

「我們見過你跟『巨無霸』吵架的。」

「我們都想球隊好，我們都想贏冠軍呀。」

「不會練習後一起閒聊嗎？」

「不會，老派球員都不會，我們不是來球場交朋友的。」高比說。

「對，佐敦也不是隊友喜歡的溫和派領袖，他會為隊友失誤發脾氣。」

「想贏的話，大家都要盡力，總要有人激勵大家的士氣的。」

「你不是激勵士氣，你是激到大家嬲到噴火。」

「我只罵懶人，我不懂如何跟懶人溝通，我和懶人之間沒有共通語言。」

「你認為他們懶，他們覺得自己已經好勤力。」

「無法溝通呀，我比許多人溫和呀。」

「你起碼不會因為隊友胡亂說話而打我們，佐敦就試過。不過，他上場之後，跟隊友再無恩怨。佐敦在總決賽時向被他打過的隊友傳球，讓他入樽，更讓球隊勝出。」

「你有留意？」

「人人都留意佐敦，個個都想做佐敦第二。」

「沒有人敢像佐敦那樣打人。」

「沒有，連你都不會。」

高比沒好氣說：「我是激勵對手，我無法忍受大家可以做得更好，但因懶惰而落敗。」

「你不明白，你根本不明白大家並非懶惰，而是我們對盡力的定義不同，好像我，我已經盡力。」

「沒有，你們沒有盡力。」高比搖搖頭說：「加入球隊的時候，以為人人跟我一樣熱愛籃球，然後發現，只得我一個是愛籃球，我用生命去成全我的夢想。」

積臣一怔，他從來沒想過要熱愛籃球，他喜歡打籃球，能夠以中學學界的籃球成績得到獎學金入讀大學是

幸運，被選中入球隊更是天大的幸運，與此同時，也是他付出極大努力練習的成果。每次訓練他都盡力去做，只是沒有像高比那樣自己一個額外練習，也沒有像他那樣有空就去健身室鍛煉肌肉。一日二十四小時都奉獻給籃球似的，他做不到。

「你們就是不愛。」高比未待積臣回應，繼續說。

「好吧，我承認我們不及你熱愛籃球，但我們不是懶惰。」

「你每日練投籃多少次？」

「五百次左右。」

高比微微一笑，沒有再說話，他認為說下去都沒有意思。

積臣回想高比練習投籃的身影，不得不承認高比遠較他勤力，並非較為勤力，而是勤力一倍，或以上。他以生命去打籃球，奉獻所有去贏比賽，想到這兒，他明白高比沒有再回答並非傲慢，而是大家確實難以溝通，儘管他不認為自己懶惰，但在高比眼中，他就是懶惰。

積臣將毛巾還給高比，看見高比稍作休息後重新練習投籃，只管滿心歡喜拿手錶回家，不願再練習一遍，天亮後，大家再跟教練練習，高比的日常練習習慣就是這樣。

回家的路程是愉快的，因為積臣明白高比沒有看不起他，只是將他歸類為懶惰的隊友，高比不喜歡跟懶人說話。

積臣想起高比和奧尼爾是球隊兩大支柱，兩人緊密合作，但私下說不上是朋友。高比不會將奧尼爾視為懶人，只是跟佐敦一樣保持老派作風，他們尊重強勁對手以及球場上合作的人，但離開球場不必再閒話家常。

想到這兒，他想幫高比跟隊友說他並非目中無人，想深一層，不覺笑起來，他做好自己本分已經不容易，何必理會高比的是非呢？

積臣一直坐在後備位置目睹高比和奧尼爾帶領球隊在NBA三連霸，同時為年輕的高比帶來不少榮耀，讓他

入選最佳隊伍、防守隊伍和MVP等等，然而，季度和最終MVP全落在隊友奧尼爾身上。

高比的成績讓他大受歡迎，許多廣告邀請他做代言人，每次在公開場合出現，球迷都為高比瘋狂，積臣暗地裏為他高興，他知道一切是高比應得的。

因為隊友生日，大家去相熟的餐廳晚膳，奧尼爾和高比都沒有出席，但大家不會批評「巨無霸」，只會數落高比。

不知誰說起高比的脾氣越來越差，不時被高比責罵沒有盡力的隊友說：「高比真是自以為是。」

「簡直目中無人。」壽星仔生氣責罵。

「你今日生日，別動氣，他只是緊張比賽而已。」積臣說。

「他以為自己好球技嗎？我們贏波只因有奧尼爾帶領，他一點功勞都沒有。」

「他們不和的。」

積臣想了想說：「沒有，上次高比的腳受傷，奧尼

爾第一時間背他去看醫生，他們就算不是好兄弟，起碼沒有不和跡象呀。」

「你沒有見過他們吵得多激烈嗎？」

「他們想贏總冠軍才會各持己見。」

「人人知道高比第一隻、第二隻和第三隻冠軍指環全靠奧尼爾得來的。」

「他的個人得分很高呀。」積臣說。

「你幹嗎維護他，我們說的每一句你都要反駁，你們是朋友嗎？」壽星仔說。

「不是。」積臣帶點沮喪說。

「你們不可能是朋友，他不會跟你這種後備球員交朋友，他根本看不起人。」

積臣知道事實上他們不是朋友，依然忍不住有點難過。他樂意跟高比交朋友，同時知道高比寧願將時間放在健身和練波，不願將時間花在朋友聚會之上。他想跟大家說高比沒有看不起人，他們不是朋友，並非其中一人自大所致。

「我們說說其他事情吧，別再講那個人了。」有個隊友說。

大家沒有再提高比，改為閒聊球圈秘聞，積臣想，這樣聊天確實無助贏波，不過，他很喜歡跟朋友聚會，並不喜歡在健身室操練肌肉。

即使不是朋友，積臣依然知道高比贏得三連霸的快樂是短暫的，當高比達成夢想的一刻，就要有由高峯滑落的心理準備。何況球隊得到三連霸，大家都說是奧尼爾的功勞，高比滿不是味兒，更加努力練習，以免不少隊友和籃球圈子內外的人繼續質疑他的冠軍指環全靠奧尼爾才得到的。

加入球隊四年後，積臣終於聽到最不願聽到的一句話，球隊總經理說：「我們不打算跟你續約了。」

積臣感到世界末日似的，但他知道懇求是無用的，深深吸一口氣後，剛想說話，發現自己眼眶一熱，害怕眼淚會隨說話流下來，任由自己表情僵硬地坐在那兒。

總經理見慣了那些不獲續約的球員反應，語氣溫和

道：「謝謝你效力四年，你要什麼幫助嗎？」

積臣依然未能說話，只是望向總經理，眼淚在眼眶打轉，極力避免讓眼淚流下來。

「歐洲有球會招聘球員，你要我們介紹你嗎？」

積臣搖搖頭，拿起總經理給他的信封，站起來，雙手不受控制地顫抖。只見總經理也站起來，主動跟他握手，用兩隻手緊緊握住積臣的右手，充滿誠意似的說：「保重。」

積臣即時轉身離開，走出總經理室後，才任由眼淚湧出來。他一口氣跑到停車場，一邊跑一邊感到眼淚隨風流到耳背和後腦，好不容易跑到自己的汽車那兒，上車後，伏在駕駛盤上大哭起來。

回到家裏，雙眼紅腫的積臣認真考慮自己的未來。如果他真心熱愛籃球，一定轉去歐洲的球會，無論在球壇留得多久都是幸福的。他想起高比的說話，也許他是對的，許多球員並不愛籃球，並非如高比一樣是用生命去愛籃球的。

　　積臣躺在牀上思考未來，原本打算躺一陣子起來吃晚飯，沒料到矇矓間入睡。半夜醒來，不想再睡，起牀梳洗換衫，駕車到訓練場去。

　　城市還在沉睡，天空只有疏落的星光和不太明亮的月色，馬路沒有多少汽車，積臣很快來到訓練場。聽到聲音，知道高比正在練習。由於太專注，他沒有跟積臣打招呼。

　　積臣見他並非練習投籃，而是跟自己的影子練習攔截和閃避攔截，難度非常之高，積臣看得投入。

　　高比發現積臣後，朝他的方向一笑，繼續練習。

　　那一刻，積臣打算轉行。小時候，他喜歡將媽媽從垃圾站撿回來的家具重新組合，原本是四隻腳的椅子，由於破了一隻腳，讓人不能再坐下去。積臣會找來另一張椅子拼在一起，用繩子綁起來，變成讓人坐得舒服的長椅。

　　想到這兒，他重新開心起來。加入球會讓他賺到豐厚薪金，他一直儲錢，現在可以開一間店，做他的手工

藝。他喜歡木工，又喜歡將金屬變成不同的日用品，那是他自己的天地，他為未來感到高興。

「你來訓練場傻笑嗎？」高比中場休息，看見積臣自顧自微笑，不禁從遠處發問。

「我是來說再見的，我不獲續約了。」積臣攤開雙手說。

高比認為以積臣的能力理應不獲續約的，有這樣的結果並不意外，也許他去外國可以簽新球會。

積臣見他沒有反應，知道他的想法，說：「再見。」

「打場波先走，讓你右手。」高比不放過任何練習機會。

「你天生用左手還是右手，為什麼你兩隻手都可以投籃？」積臣不解問。

「我天生用右手的，不過，我從爸爸口中知道運動員要減少弱點，由六歲開始訓練我的左手。我要實踐我的籃球夢想，不能讓自己有缺點的。」

積臣想起他六歲的時候，總是躲在家裏等待媽媽回

家。媽媽將他獨個兒留在家中是犯法的，但實在太窮，無法送他到學校去，更加沒有錢聘請保姆，就算犯法都冒險讓他獨留家中。他每日獨自在家等媽媽放工回家，肚餓的時候只能食幾塊餅乾。

高比跟積臣一對一比賽，沒有用右手，大家有來有往，最後，一不留神讓積臣勝出。

「你已經讓右手，還讓我勝出，未免太輕視我。」積臣帶點憤怒說。

「我沒有假裝輸掉呀，大家知道最尊重對手的方法就是拼盡全力比賽，我沒有刻意讓你勝出，每次落場，我都要贏。」高比說：「這次是意外失手，你贏。」

積臣反問自己為何由始至終都覺得高比看不起他，不覺笑起來，笑自己有點自卑，笑自己太小心眼，笑自己欠缺自信。想了好一會後，跟高比說：「不要批評隊友懶惰，你永遠不知道別人走過的路。」

「你想說什麼？」

「你六歲的時候開始訓練左手，我六歲的時候只想

媽媽早點回家給我熱的食物。」積臣說。

「你沒有每日練習投籃一千次，這是你做得到而沒有做的。」

「你不會明白我的心是多麼疲倦，」積臣說：「我不是你，或奧尼爾那樣的球星，我只想賺多一點錢，讓媽媽過好一點的生活，才打籃球的。」

「你應該做到了。」

「做不到，媽媽未能等及，急病死了。」積臣平淡說來，好像說別人的故事一樣。

高比呆了一呆，這才想到並非每個人都有一個職業籃球員爸爸。積臣能夠走到這一步，早已盡了他最大的努力，積臣無可能是懶惰的人，只是先天和後天條件有所不及。

「你有幸福家庭，我沒有，我要在街上打籃球。」積臣說。

「不是這樣的，現在的你不應被以前的你限制。」

「你不會明白從小要幫媽媽做家務和賺生活費的疲

累，我確實無法在凌晨三時起牀準備練習，因為我的身心早已太疲累。」

「你選擇打籃球？」

「我選擇打籃球，這是我能夠選擇的工作之中最賺錢的。」

「當你選擇以後，無論赴湯蹈火都要完成。那麼，成功時，你應該不會感到驚訝。」

「我不曾成功。」

「你不曾拼盡所有去完成，失敗時，你應該不會感到訝異。」

「這算是諷刺我嗎？」

「不是，我講事實。」

「你成功了，有三隻金指環，是否很陶醉？」

「不，成功的一刻並不令人陶醉，因為經歷這麼長時間努力，成功是理所當然，不必陶醉。」

「好吧，我回家為我的失敗陶醉，失敗並非理所當然。」積臣開始理解高比的想法，沒有生氣，帶點説笑

似的回應。

「別忘記我一直不惜一切代價贏得比賽，無論是坐在板凳上揮舞毛巾，將一杯水遞給隊友，還是投出獲勝一球。」

「嗯，我下次試試坐在板凳上揮舞毛巾。」積臣冷笑道。

「成功並非幸運，我們要做盡一切可以做的事情，才有機會成功。」

「我忘記我已經不是這兒的球員，我連坐在板凳上揮舞毛巾的機會都沒有。」

「你認真想想你的選擇，如果退出，去做你選擇並做得好的事情。如果你去歐洲繼續籃球事業，試試無論如何都要做到最好的感受，你同樣可以成功的。」

「再見。」積臣說罷自顧自離去，今日有太多不愉快的事發生，稍為讓他開心的是高比跟他說真心話。還有，他憑實力贏了高比，儘管高比先讓他右手。

第四章　壓力與挑戰都是成長機遇

春風得意的時候，人人的心情都會變得特別好，看見的世界格外美麗，人人樂意展示自己美好的一面。

萬一交上惡運，每件事都向最壞的方向墮落。這時候，每個人最真實的一面才會展現出來。很少人了解真正的自己，往往高估自己的能力，有人就被難關擊倒，有人默默承受苦難，有人勇於面對挑戰，有人從低潮學習，讓自己變得更好。

每個職業籃球員都難免受傷，高比和奧尼爾合作三年以後，各自有不同傷患，「巨無霸」更要做腳趾骨的手術。

高比要求奧尼爾在休季期間做手術，但奧尼爾決定開季時才做。高比勸他及早做手術，以免影響到開季成績，但奧尼爾決定了做手術時間，堅持開季後才做。兩

人為這件事爭吵不休,結果,「巨無霸」還是要在球季休養,高比為此生氣不已。

高比加倍練習,以一人之力領導球隊出賽,令缺少一個主將的球賽依然精彩。當娜和佐治看電視直播的籃球賽就是這樣,只有高比領導的球隊為了爭取得分,高比差不多打足全場,依然跑得快和靈活,佐治為高比的最後一記籃底入球喝彩,說:「他一個人領導有這樣的成績真的不錯。」

「對啊,缺少拍檔都可以創下了單場十二個三分球呀。」當娜說。

佐治想了一想,補充道:「連續十多場三十五分以上。」

「還有連續多場四十分以上。」當娜和應。

「看來可在單月保持平均四十分的驕人成績呀。」佐治繼續一唱一和,非常合拍。

當娜呆呆望向電視中忙碌的身影,說:「高比真是充滿魅力。」

佐治一怔，自以為幽默似的問：「你愛上他？」

當娜甜甜一笑說：「他愛我的話，也不錯。」

佐治帶點懊惱說：「如果他和我一起追求你，你一定揀他吧。」

當娜笑說：「才怪，就算他跟你一起追求我，我都會揀你。他有太多異性喜歡他，我無法跟千千萬萬美女競爭。」

佐治鬆一口氣，說：「就是呀，雖然他結婚了，但仍有許多女球迷愛他，並非好事。」

「你妒忌他。」

「才怪。」佐治有點口不對心的說。

「傳媒報道他和雲妮莎一見鍾情，他們的愛情故事很動人啊。」

「我們的愛情故事不是更動人嗎？」佐治問。

「他知道雲妮莎喜歡月光曲，於是為她練琴彈奏這首歌，不容易啊。」

「我為你去超市買一星期的菜，同樣不容易。」

「他不懂得看曲譜,只是用腦記住怎樣彈琴,你可以嗎?」

「我不懂得看食譜,只是用腦記住怎樣煮意粉,比他困難,可見我多麼愛你。」

「好吧,你贏。」當娜笑説。

「贏了高比,我今晚會開心到失眠。」

「你未贏呀,要三局兩勝的。」

「第二局又如何?」

「你以為動人,其實只是感動自己,你沒有自己所想的愛我。」

「冤枉呀,我已經好愛你。」

當娜問:「如果你的父母反對我們交往,講明我們結婚的話都拒絕出席,你還會愛我嗎?」

佐治呆住了,他沒有想過這個問題。

「不用三局兩勝,高比完勝了。高比深愛雲妮莎,不理會父母反對跟她結婚,他的家人都沒有出席他的婚禮,你做得到嗎?」

　　佐治認為沒有父母祝福的婚禮並無意義，假如父母反對他娶當娜，他會選擇其他女孩嗎？

　　「你考慮這麼久，即是不會。」當娜笑說：「我們無法選擇父母，但可以選擇另一半，不少人因為父母反對而放棄愛情的。」

　　佐治深深吸一口氣，安定思緒，然後，改為嬉皮笑臉說：「我的父母都喜歡你，你又提出這話題，是否想快點嫁給我？我準備好，你可以求婚了。」

　　當娜大笑起來，說：「就算你向我求婚，我都未必應承你。你看高比，二十一歲就有冠軍指環，你到今日仍未有正式工作，你打算留在家裏做家庭主夫嗎？」

　　「你的小學老師沒有教你別跟人比較嗎？」佐治佯裝生氣道：「別忘記我有許多優點，我比他專一。」

　　「你不是專一，你是無得揀。除了我喜歡你這個傻瓜外，誰喜歡你？」

　　「胡說，不少女同學、朋友喜歡我。」

　　「你說她們喜歡高比我會相信，喜歡你就一定是誤

會。如果你可以介紹高比給她們認識，或者，她們會喜歡你──喜歡你做介紹人。」

佐治知道那是真的，沒有繼續說笑，專心看賽後訪問，只見重播高比飛身灌籃的動作，非常吸引，忍不住說：「他實在太吸引女生，那麼多女孩子喜歡他，未必是好事，可能會惹禍。」

「這樣說只顯示你妒忌他比你吸引。」

「我真心相信這樣未必是好事，許多名人為此身敗名裂。」

「你去提醒你的舊同學吧。」

「他早已忘記我。」

「說得像失落女球迷，莫非你同樣暗戀高比？」

佐治笑說：「我百分百喜歡女生，我的感情100%給你了。」

「誰希罕。」當娜笑說。

如果佐治一直是高比身邊的朋友，或者，高比身邊有親友可以提醒他，也許，高比可以避免掉入深淵。

　　暴風雨前夕是平靜的。高比到另一城市準備接受手術，入住當地酒店，一切看來是平常的。事情發生後，除了酒店女服務員和高比之外，沒有人知道事件真相，但醜聞在一夜間傳遍全世界。

　　女服務員控告高比性侵犯，高比承認兩人在自願的情況下發生關係，傳媒隨即廣泛報道高比被捕，有些更標籤他是性罪犯。法庭還未審判，坊間的流言早已未審先判。

　　喜歡高比的球迷心痛不已，不相信他犯法。不喜歡高比的人非常心涼，趁機落井下石，紛紛指摘他。在籃球圈內，妒忌高比的人佔大多數，高比即時變成過街老鼠，人人喊打喝罵，令他由天之驕子的天堂掉進地獄最深處。

　　面對世界級醜聞，高比的壓力大得不得了。雖然法律寫明在法庭宣判之前，所有人都只能稱為疑犯，但在籃球圈內外，人人都要將他定罪，以難聽的名稱喊他。認為他心高氣傲的人樂意看見他沉淪下去，恨不得他意

志消沉，從此在籃球圈消失，最好永不翻身。

　　因為愛情，高比為了娶雲妮莎跟父母鬧翻。當他需要父母和兩個姊姊支持的時候，他們沒有出現。爸爸沒有抱住他，一如高比童年闖禍時，他最期待的就是爸爸的擁抱，爸爸會保護他，為他遮擋風雨。

　　然而，爸爸和媽媽再不能保護高比。高比已經長大成人，甚至已是國際知名的球星，闖出這個大禍，沒有人可以保護他。無論他的父母如何愛他，都沒有能力為他抗衡全世界。高比希望有人站在他的身邊安慰他的時候，發現身邊一個人都沒有。

　　雲妮莎一直介意丈夫的緋聞，現在見丈夫被人告上法庭，無論誰說真話誰說謊，對她來說都是傷害。她無法裝作若無其事支持高比，她要跟女兒搬走，並且準備離婚。

　　高比永遠記得妻子傷心欲絕的淚眼，她只是問了一句：「你做過什麼？」

　　「我以為她是球迷⋯⋯」

雲妮莎沒有再說，留下他一個人面對一切。

在奧尼爾因傷離隊期間，球隊差不多變成高比的一人球隊，高比在官司壓力下繼續盡力練習和比賽，冷然面對外間風風雨雨，令不喜歡他的人更不喜歡他，背後都稱他為「獨食怪」以至更難聽的標籤。

奧尼爾傷癒回巢，回復「籃球孖寶」的局面，他們努力爭取昔日奪魁的氣勢。可惜，即使集兩大台柱的力量，球隊依然無法回復三連冠的狀態，甚至在季後第二輪遭淘汰出局。

高比的運氣像一下子耗盡了，他因為官司要不停上庭，無法如常練習和比賽。由那時開始，他習慣乘搭直升機，上午出庭後，下午乘直升機趕去另一城市的球隊主場出賽，每分每秒都在跟時間競爭。有時候，剛剛到達就要落場，別說佐敦教他要一小時熱身，他甚至連一分熱身的時間都沒有，經常趕不及熱身就出賽，令他容易受傷，更難打出水準。

高比感到異常沮喪，他記得贏得總冠軍的觀眾歡呼

和喝彩，現在卻經常聽到喝倒彩的聲音。他開始害怕從此以後，他不能再出賽，或者像爸爸一樣，要到歐洲才有球會肯簽他。

春風得意的時候，他無法想像失敗的滋味，直至從高處滑落，一沉百踩，他才知道那是極度難受的。他好像跌進洞穴裏面，四周只有黑暗，不知道這樣的日子還要捱多久。

高比希望能夠儘快從深淵走出來，他嘗試去健身室操練，試過更瘋狂的個人練習，但靜下來的時候，還是感到巨大壓力和恐懼。他以為六歲那次空手道比賽是最後一次感到恐懼，事實證明令人恐懼的事情並不少。在身心煎熬的時候，高比想起有個教練曾教運動員冥想。

開始的時候，高比總在空無一人的家裏胡思亂想。然後，高比開始在客廳一角坐下來，先要令自己安靜，放鬆身心，輕輕閉上眼睛，慢慢讓內心回復平靜。

靜坐的時候，所有醜聞、官司和傳媒嘲諷的片段會不斷湧上腦海。高比沒有理會，不阻止腦海浮現這些東

西，也不讓思緒跟隨負面記憶轉動，調息呼吸，任由一切聲音影像在腦海浮現，然後消失。練習一段時間後，慢慢找回他的平靜。

冥想的時候，高比感到自己在非洲草原孤獨前行，覺得自己越走越貼在地上，感覺自己是最毒的毒蛇，他就是黑曼巴，黑曼巴就是他。他要訓練自己內心強大，將恐懼和疑慮化為力量和決心。

佐治發現越來越多朋友對高比的官司幸災樂禍，原本是球迷的，現在變成討厭他，原本討厭他的，更會用惡毒的說話咒罵他。

佐治約朋友回家看球賽，好友約翰突然提起：「那個目中無人的傢伙這次一定要坐監了。」

「這樣狂妄自大的人，活該得到教訓。」彼得說。

「昨晚的搞笑節目諷刺他，笑到我肚痛。」馬基笑得很開心，他們三人說得很高興。

佐治沒有參與嘲諷高比，也沒有出聲維護他，他們畢竟只是舊同學，並非朋友。

不過，他很佩服高比的心理質素，即使親耳聽到同行和隊友的取笑踐踏，他都像沒事人一樣繼續練習和比賽，大家漸漸稱他為「黑曼巴」，那是非洲草原最毒的蛇，強悍、孤獨和專心一致。現在，每日都有高比的新聞，大家像追電視劇那樣追讀他的官司發展。

同樣留意高比新聞的積臣不認同高比的醜聞，只是覺得他可以如常比賽實在難得。

離開球隊後，積臣原本想做生意，但有同行推薦他去歐洲球會，他想起高比提及的選擇，決定選擇成功，出去見見世面，獨個兒到歐洲發展。

離開美國前，他給高比發手機短訊：「我決定到歐洲去，保重，別被惡言惡語擊敗。」

積臣知道高比不會回覆，沒有放在心上。想不到在出國之前，高比約他去訓練場練習。

積臣比平日早到三十分鐘，看見高比已經在那兒練習，熱身之後，高比說：「上次你贏，今次我一定不會輸，我讓右手。」

「不用。」積臣說。

高比知道用盡全力比賽是給對手最大的尊重，沒有堅持讓賽，也沒有留力。由於雙方的實力相距太遠，根本打不下去，高比輕易勝出。

積臣輸掉比賽，很是高興。他知道高比是盡力跟他比賽的，於是跟高比說：「謝謝。」

高比微笑，沒有回答。

積臣說：「我知道隊友間有許多難聽說話，不過，他們沒有惡意的，你聽到都不要放在心裏。」

「我不介意隊友說話惡毒、難聽，只介意隊友不夠努力。」高比說：「跟你說過，我以為每個人都像我一樣熱愛籃球才加入球會，事實上卻只有我一個人愛籃球，其他的只是球員，當作上班打工。」

「我想通了，我是真心愛籃球的。起初以為我更愛開店，聽到有球會聘請時，我開心得不得了。我們可以欺騙人，但不能欺騙自己，我是愛籃球的。」

高比望向積臣，表情滿是問號，心想，這個人真的

愛籃球嗎？

　　積臣明白他的意思，說：「真心熱愛籃球，即使我永遠達不到你的水平，我都會努力練習。」

　　「我們要用盡全身力量和生命去打籃球的。」

　　「其實大家都很努力，你不要再責罵隊友。」

　　「有些人真是懶惰呀，我實在無法跟懶惰的人好好說話。」

　　「你總不成一個人上場不用隊友的。」

　　「可能我做得不夠，重要的是，我的隊友必須知道我正在為他們努力，而我確實希望他們取得成功。」

　　「我認為沒有隊友知道你為他們努力，希望他們成功，他們只看見你想自己成功。」

　　「我試試用其他方法跟他們溝通。」

　　「可惜，我看不到你新的溝通方法。」

　　高比說：「祝你在歐洲打波好運，要有勇氣適應陌生環境。」

　　「希望你的官司快點過去。」積臣說：「你現在比

我更需要運氣。」

高比苦笑，跟積臣握手，轉身離開的時候，聽到積臣在他背後說：「你經常仰頭走路，別人會誤會你驕傲的。」

高比停下腳步，心想，無論怎樣走路，要批評你的人都會批評你，只好心平氣和轉身說：「低頭不是放棄，只為看自己的路。仰頭不是驕傲，只為看大家的天空。」

積臣微笑起來，默默目送高比離去的背影，相信高比一定可以走出困局。

回家的時候，積臣低頭回想自己走過的路，知道自己已經很努力，只是無法在競爭劇烈的圈子生存下去，轉移陣地以後，說不定可以找到自己的天空，他會加倍努力的。

積臣從高比身上學會冷靜面對困難，即使有天大事情，都可以心平氣和面對的。想到這兒，不覺抬頭望向天空，只覺天空有說不出的美麗平靜，他朝天空微笑，為了自己的未來而笑，也為高比而笑。

　　同一天空下的佐治和當娜在婚禮場地為籌備婚禮而忙，晴朗的天氣正好配合他們籌備婚禮的心情。戶外的婚禮場地讓人愉快，忙了一陣子，他們坐在餐桌旁休息，當娜問：「你會邀請高比前來觀禮嗎？」

　　「他結婚的時候沒有邀請我。」佐治說：「他是名人，我們不是，別打擾他。」

　　「原本我不會問的，但這段時間是他的人生低潮，全部廣告合約都中止了，傳媒日日取笑他。我想他出席我們的婚禮，這是開心的場合，相信他會開心一點。」

　　「他會走過低谷的，他是黑曼巴，現在，人人都知道他沉得住氣，你看他的出賽水準沒有下跌。」

　　「但球隊沒有運氣了。」

　　「可見其他球隊有運氣和實力，我們很難說比賽要靠實力還是運氣。」

　　「實力重要一點，不過，都要有少許運氣的。」

　　「就差少許運氣，我以為他們會重奪總冠軍，沒料到輸掉，他一定很失望。」

「你給他婚禮的邀請卡,順道寫幾句鼓勵説話。」

「他會以為是球迷結婚打擾他。」

「你們是中學同學呀,當然,我們也真的是他的球迷。」當娜頓了頓説:「就算他忘記你,我們又真是他的球迷,球迷結婚給偶像邀請卡也是正常的。」

「好吧,我就將婚禮邀請卡寄去球會。」佐治説:「你別以為他會來呀,他日日收那麼多球迷來信,也許沒有看就扔掉。」

「最近的球迷來信可能大減,或者,有人會寫信罵他啊。」

佐治笑起來,説:「別管他的事情,我們去看看茶點。我的未來外母最喜歡吃芝士蛋糕,我們試試這兒的水平。」

當娜甜甜一笑,她為佐治記得自己媽媽的口味而高興,輕挽他的手去選蛋糕。

坐下來試茶點的時候,當娜説:「我依然覺得他們欠缺運氣。」

「別再説你的星座占卜了，籃球比賽靠實力而非運氣的。」

「奧尼爾回歸了，加上新的球星，他們明明比三連冠時實力更強。」

「對手的實力也增強了。」

「我看高比強一點。」

佐治無意爭拗破壞氣氛，只好附和未婚妻：「説的也是，高比雖然官司纏身，但見他越戰越勇，我都以為今次會重奪冠軍的。」

「我看是運氣，」當娜説：「人人都以為他們會捧盃，他們偏偏大熱倒灶，沒有理由啊。」

「我們寄結婚邀請卡給他，讓他也沾一沾我們的好運吧。」佐治笑説。

「你記得寄呀。」

「遵命，教練，還有什麼吩咐？」佐治打從心底裏笑出來説。

當娜但笑不語，輕輕拍打佐治一下。

　　高比在一大堆郵件之中看見佐治的邀請卡，因為封面有一對新人的照片，高比覺得是認識的人，但想不起是誰，直至他打開邀請卡內的信細看。

親愛的高比：

　　你好嗎？很久不見。

　　我是你的中學同學佐治，我和當娜結婚了，希望你有時間前來。

　　我們知道你最近非常忙碌，所以，就算你不能來，我們依然明白你已經在內心祝福我們。

　　我們最近看見你的新聞，知道你一定不好受。

　　不過，你一定可以挺過去的，因為你是高比，你是黑曼巴。

　　你不是佐敦第二，你是世上唯一的高比，你一定可以渡過難關。

愛你的佐治　上

　　高比看看婚禮日期，那天要去另一個州比賽，就算乘搭直升機都趕不及。

　　他在回家前到禮品店買禮物給佐治和當娜，駕車經過花店，買了花和兩張心意卡，先在第一張心意卡寫：

親愛的佐治和當娜：

　　謝謝你們的邀請，但我那天要比賽，未能前來。

　　高興看見你們的鼓勵，我不會是球場過客，我會一直留在球場的。

　　祝你們新婚愉快

　　　　　　　　　　　　　　　　　送上祝福的高比　上

　　然後，高比開始寫另一張心意卡：

我最愛的雲妮莎：

　　我已經知錯，希望你會原諒我。

　　　　　　　　　　　　　　　　　　永遠愛你的高比

高比寫上地址給店員送花給妻子，然後將禮物交給店員，説：「你在這天送一束適合祝賀結婚的鮮花到這個地方，連同禮物和心意卡交給新郎或新娘。」

店員微笑説：「好的。」

高比付款後離去，聽到店內有人説：「你看，就是那個色情狂。」

另一聲音説：「以前喜歡他的，現在……」

高比繼續邁步離開，心裏跟自己説，他不是球場過客，他是球場王者，他總有一日重奪總冠軍的。

第五章　籃球就是生命

人人帶同性格來到世上似的，有些人從小知道自己喜歡什麼，有些人活了一輩子都未必知道。有些人在眾多選擇中很快就能決定自己想要的，有些人總是覺得選擇困難，無論選科還是選擇工作都猶豫不決，遲遲不能決定。

小時候，馬修很喜歡唱歌，媽媽讓他參加兒童合唱團，沒多久，馬修已經不喜歡唱歌。

讀小學的時候，馬修喜歡看足球比賽，夢想做足球巨星。參加足球隊後，馬修覺得踢足球並不好玩。

馬修看過籃球賽後，開始喜歡打籃球，夢想成為籃球球星。這一次，他沒有猶豫，勇往直前，命運卻代他選擇。

他跟隨學校老師和同學去郊外旅行，看見同學放風

箏掛在樹上，自告奮勇爬上樹幫同學取回風箏，卻從樹上掉下來。

在醫院醒來以後，醫生、父母和老師都曾問馬修怎樣跌下來的，馬修卻說不出來。他不肯定是幾隻蜜蜂讓他分了心，還是自己踩在一截快將斷裂的枯枝之上，總之，在他完全沒有心理準備的情況下跌下來了。

也許即時昏迷，馬修不知道那是嚴重受傷，起初不感覺痛，待麻醉藥消失後，他才感到雙腳痛得不得了。

住在醫院的時候，馬修每日看爸爸帶來的體育雜誌解悶，因此漸漸愛上看體育雜誌。回家後，他的腳還有石膏，除了媽媽駕車接送他到學校外，全部時間都留在家裏，繼續看電視體育節目和雜誌。

由於馬修在發育時期，雙腳不斷增長，但跌斷駁骨的一隻腳的腿骨無法同時增長，以致馬修的左腳比右腳短了一點。穿上特製的鞋是看不出來的，但馬修不能再打籃球或踢足球，只能游水和散步，令馬修意志消沉了好些日子。

馬修知道自己不能成為佐敦第二，但他對籃球的熱情並未減退。大學畢業後，他決定做體育記者，專責報道NBA相關新聞。

馬修試過跌倒，明白失足倒下的痛苦滋味，所以對運動員格外體諒。籃球員的職業生涯短暫，大多數籃球員大學畢業才出道，由於種種緣故，例如受傷，有些人未到三十歲就退役，正式比賽只有幾年時間。有些球員恍如流星劃過夜空，以為是一顆新星誕生，很快知道是短暫停留的流星。所以，馬修一直以專業精神報道體壇消息，盡量避免寫文章傷害運動員。

當傳媒報道肆意嘲諷官司纏身的高比時，馬修沒有加入醜化高比來增加雜誌的銷量。他並非欣賞高比的性格，甚至覺得這樣的世界級球員不應該鬧出如此醜聞，但他欣賞高比打不死的黑曼巴精神，認同他是出色的運動員。他不會亂加負面標籤在高比身上，甚至對某些同行惡意中傷球星的手法感到齒冷。

馬修最欣賞高比對自己要求嚴厲，同時為隊友和對

手帶來正面影響。大家跟高比同場比賽的時候，個個都會出盡全力，不敢鬆懈。高比不但激勵士氣，甚至影響廣大青少年，這是馬修最認同高比的地方。

有次訪問中學學界的籃球新星，說起參加高比舉辦的籃球學院，那個學生不知哪裏來的膽量，直接問高比可否跟他一起練習。聽到這裏，馬修以為高比會一口拒絕，隨即問：「他說不？」

「他說好呀，他還說明天三點鐘來接我。」

馬修笑說：「個個都說他難相處，想不到他對陌生小子不錯，練習情況怎樣？」

「沒有練習。」

「不可能，即使全世界指他態度差，但人人知道他言出必行，不會甩底的。」

「那是誤會呀，我在第二日三點前等他，但他一直沒有前來，我追問他，他回覆我，他說的三點是凌晨三點呀。」

馬修笑起來，說：「人人知道他凌晨六時已經完成

練習，你沒有聽過嗎？沒有聽過都可以先問清楚呀。」

「誰會問三點是下午三點抑或凌晨三點呢？你一聽都以為是下午三點，不會懷疑的。」

「不，我一聽就知道是凌晨三點。只要是高比約練習，許多人一聽就知是凌晨三點。」

「噢，那是我錯失機會嗎？」

「當然，連最討厭高比的人都知道他勤力，每日凌晨三四時開始練習的。」

「這就是了，我真的不明白為什麼有人討厭他，討厭他的人都沒有他的天賦，又不及他努力，只好背後中傷他和批評他。」

馬修聽罷，覺得眼前的小子雖然有點傻，但他的看法是對的。

高比沒有做過傷害人的事，除了要控告他的那個人之外，他沒有做過令公眾受損的事，卻默默承受許多人的難聽說話，以及傳媒的嘲諷和攻擊。

當然，高比的案件如果入罪，足以令他身敗名裂，

然而，控告他的酒店服務員最後並沒有上庭，官司就此中斷。

高比已經為自己的錯誤道歉，並且賠償巨大金額給原告，加上他的妻子原諒他，其他人再沒有責備他的理由，大家漸漸淡忘高比的錯失。

馬修是體育記者，雖然熟悉高比的性格和背景，但不會對球星投入太多感情，不斷提醒自己下筆要公平公正。不過，他經常聽人批評高比自大，主觀覺得他就是自大。

馬修要看體壇名將和教練出版的書籍，看見高比的前教練在自傳形容他無法指導，不覺笑起來。對教練來說，太有個人主見的球星當然是無法指導的。不過，教練後來接受高比的自我訓練方式，明白無法指導也非壞事，即使奧尼爾轉到另一球隊，新人未能追上，高比依然以一人力量為球隊爭取理想成績。

全世界都看見高比的進步，由於想得高分，他差不多要打足全場，由防守到攻守都是他。馬修曾在賽後

訪問高比：「隊友都説你獨食，你剛才為何不助攻或傳球，要自己投籃呢？」

高比露出不耐煩神情，帶點激動説：「難道傳給戴維和森美嗎？」

馬修知道他的意思是不傳球才可得分，傳給球技比他差的隊友只會失分。不過，説得出這樣坦白的回應，難怪令人覺得他自大。

訪問高比，永遠有戲劇化的題材，所以，馬修開始喜歡訪問他。

高比是練習狂，不練習籃球的時候，就去健身室練肌肉，看看身體還有什麼地方可以變得更適合打籃球。夏季的時候，聯賽休賽，大部分球員休息耍樂去，高比找來著名教練苦練腳步低位進攻。好像由內至外都為籃球存在，不斷要求自己進步。

高比不斷受傷，身體不同部位都有舊患，只要處理傷處後，能夠上場就會上場。有次右手受傷，大家以為他會休息一陣子，沒料到他苦練左手射球。為了減慢體

能消耗，他操練肌肉，令身體有更多能量。然後，肌肉過於強健會影響射球的速度，他又去健身室操練回原本瘦削的體型。總之，高比所做的都是想籃球成績更進一步，他要贏更多總冠軍。

記者跟採訪對象見得多，漸漸變成熟人似的，並非朋友，而是同一圈子的共生關係。馬修漸漸跟高比熟落起來，有次見他受傷，問：「為何不休息？」

高比總可給大家有趣的答覆，讓體育雜誌更加好看和吸引，只見高比滿臉不在乎說：「我為了打籃球曾經斷手、扭傷腳踝、肩膀脫臼、牙齒碎掉、嘴唇裂開、膝蓋腫成一個壘球大小。我不想因為腳趾受傷而缺席十五場比賽，因為大家都知道腳趾受傷並不嚴重。」

馬修記得他為奧尼爾腳趾受傷的手術時間生氣，這樣說來，好像還想強調腳趾受傷不應影響出賽。

馬修為他統計過，他曾連續四場比賽五十分以上、單月平均分四十三分以上，都證明他的苦練是有回報，反映他從未在籃球場偷懶。

　　入行以來，馬修接到的首個重要任務是出國採訪奧運，第一次跟國家隊來到北京，看見每件事物都那麼新奇，從早到晚報道賽況，不時四出訪問現場球迷，發現大部分觀眾都喜歡實力超強的高比。

　　馬修有天跟籃球員聊天，以輕鬆的語氣問：「在這兒的訓練場練習習慣嗎？」

　　「還可以。」

　　「適應早起嗎？」

　　「我們不算早起，大家在六點練習，五點時還在睡覺，偏偏在這個時間，高比已經練習不知多久了。」

　　「他在這兒依然拚命早起練習？」

　　「是啊，他就是這樣。」

　　「你們可有見過其他球員比他沉迷練習呢？」

　　「我從來未見過，有一次去外地集訓，大家住在訓練營，大概在早上八點鐘，我們剛剛起來準備吃早餐，高比獨個兒走進來，運動服早已被汗水濕透，他還在膝蓋上敷上冰塊，手裏拿着教練的戰術板。我不知道他是

幾點起牀，更加想像不到他自己一個已經訓練了多少個小時。」

「沒有那麼誇張吧？」馬修雖然知道高比勤力，但沒有想過他勤力到這個地步。

「他就是這樣，我們都剛剛睡醒，還在打呵欠，高比已經自己出去練習，起碼練了三個小時，然後再跟我們一起練習，我看他就是一整天都在練習。」

這次奧運籃球成績優異，輕易奪得金牌，大家對高比開始改觀，馬修寫了多篇精彩報道，深受讀者歡迎。

對運動員來説，高比開始面對退役限期。史上最優秀的三十歲以上的籃球員是佐敦，高比以無比堅強的意志面對三十歲後的體能下降，跟新一代中鋒和後防緊密合作。終於，他們有望重奪冠軍金指環。可惜，即使高比帶領球隊殺入了總決賽，依然不敵強勁對手，飲恨落敗，金指環的金光從高比眼中掩退。

馬修投票選季度MVP時，他投了高比一票。這是由記者主導投票的選擇，許多球員都想得到。沒有人想到

幾年間最多記者踐踏的高比得到這項榮譽，可見他以實力讓公眾對他改觀。

當高比帶領球隊奪得第五座總冠軍時，大眾都為高比歡呼。馬修問他的感受，高比説：「這是我得過最甜美的成果。」

「因為剛出道的三隻冠軍金指環得來太輕易嗎？」馬修問。

高比笑着説：「因為我完全明白失敗，我會自我懷疑，我也有不安全感，害怕失敗。」

「經歷過失敗，更加不願放棄爭取勝利。」

「不能放棄的，放棄的那一刻，就是讓別人獲勝的那一刻，我害怕失敗的。」

「黑曼巴害怕失敗？」

「我沒有大家想像的內心強大，我會害怕失敗的，只好放鬆，以免自我懷疑。」

「你的眼神顯示你不會自我懷疑的。」

「當我在比賽場上出現時，我會想到我的背受傷，

我的腳受傷，我的膝蓋受傷。我沒有什麼辦法，我只想放鬆。我們都會自我懷疑。你不否認它，但也不會屈服於它。你要做的是接受它。」

「你怎樣讓自己放鬆？」

「我會靜坐冥想。」高比說：「每天醒來之後，我會給自己時間靜坐，這是我跟內在的我連結的時間，沒有其他人。然後，我就可以放鬆下來，開始新一天的練習。」

「每天冥想？」

「對，每天都會做的。這讓我平伏心情，安然度過人生低潮。」

「是否經過人生低潮以後，更享受成功的甜美？」

高比點點頭，說：「一旦你知道失敗感覺，就會決心想要成功。」

「想拿第六座總冠軍嗎？」

高比笑起來，整齊潔白的牙齒白得發光，思考一陣子才說：「當然想，我會盡力爭取的。」

「萬一失敗？」

「失敗的話，我會面對失敗。當我們說這無法實現和完成時，那麼就要改變自己。」

「改變自己接受失敗？」

「我的大腦不能處理失敗，它也不會處理失敗。因為，如果我要坐在那裏告訴自己你是一個失敗者，我認為這比死去更難受。」高比說得有點混亂，他會面對失敗，但不能接受自己是失敗者，他要反敗為勝。

四年後，馬修再去採訪奧運，有天採訪隨團的訓練體能教練，帶笑問他：「為頂尖運動員訓練辛苦嗎？可有趣事跟讀者分享呢？」

「有奇怪的事，但不知可算有趣？」教練說。

「說來聽聽。」

「有天凌晨三點半，手機響起，有名球星客氣問，我想知道，你能否幫我做點體能訓練？」

「一定是高比。」馬修笑說。

教練笑起來，點點頭，說：「他的請求態度是真誠

的，沒有架子，並非傳聞中的驕傲自大。」

「我認識的他是謙虛的，不過，名人對記者大多有禮，以免破壞形象。嗯，你怎樣幫他訓練？」

「我就在凌晨去訓練館，不知他在那兒已經練習多久，只見他全身是汗。」

「許多人試過，每天凌晨五時集體練習，他在凌晨三時開始自己練習，然後再跟大家一起練習。」

「我到達後，為高比設計適合他的訓練，他認真練到六時許，我指導他練習都疲累得受不了，要回去小睡一會。」

「他繼續練習嗎？」

「不知道，我離開時，他開始自己練習投籃。」

「那日的練習時間表是怎樣的？」

「在奧運比賽前，我們約好早上十一時在訓練場集體練習的。」

「高比還在那兒？」

「看見他真是令我驚訝，高比還在練習投籃。」

「他連續練習八小時，比我的辦公時間還要長。」

「他還要去健身室做負重訓練。除睡覺和吃飯外，他的人生就是練習。」

「你跟他一起離開嗎？」

「我問他什麼時候結束那天練習，他繼續投籃，待入球後，跟我笑說，成了，可以結束。」

「據稱他聽從佐敦的教導，每日要投籃一千次，起碼一千次。」

「他對自己的要求有點改變，那天的目標是要入籃八百次。我看見他第八百次命中投籃，所以，他可以離開了。」

「要求好高啊。」

「他未必是先天條件最好的運動員，但他肯定是對自己要求最高的運動員。」許多人這樣說過，馬修都寫過許多遍。

「他還提升了許多人的水平，跟他同場的人都有壓力，大家都努力做好一點。」

「這次奧運比賽一定奪金，他們實力太強了。」

馬修的奧運報道讓球迷看見高比認真的一面。如果說他對隊友要求太高，毋寧說他對自己要求過於苛刻。他只要求他人有他一半勤力，不算苛求。

拿了兩個奧運金牌的高比已是老將，原本的爆炸鬈髮都脫光了，變成光頭。由於傷患太多，他未能突破佐敦留下的成績成為三十歲以上體能最佳的球星。年輕的高比曾在球場贏了佐敦，並不表示他比佐敦打得更好，而是十五年的年齡差別。一般運動員的體能在二十五歲後開始走下坡，佐敦和高比已是保持得最好的。

三十歲的高比的投籃手感比二十歲時出色，但體能已相差甚遠。要是同樣二十五歲的佐敦和高比在球場對打，那樣的成敗才可反映兩人真正的水平。

馬修跟球星談到最尊敬的運動員時，以前聽得最多的名字是佐敦，近年聽到的是高比。有球星說：「我十分尊敬高比，他是我見過最勤力的球員，他是最強的競爭者，每天見到他這樣練習，帶給我很大的推動力。」

「他令你們不敢偷懶？」

「當然不敢。有次在外地集訓，我們放假，我和隊友自願去練習，在巴士見到高比坐在那兒。他已經是最屬害的球員，依然希望為比賽做好準備，比我們早一小時練習投籃，然後再跟我們一起練習。」

「許多人讚他勤力，但是沒有人跟他的瘋狂時間表練習。」

「我在六時四十五分到達訓練場的時候，才知高比在五點半已經開始練習。」

「對你可有啟發？」

「當然有，高比身上有很多地方值得學習的，例如他的耐性。他是個終極的競爭者，整天都在練習場上，一直渴望變得更強，也一直在鍛鍊。當你跟他交手的時候，你要準備戰爭的開始。在比賽上他一直都在跑動，他的體力很強，面對他每一刻你都需要警覺。」

「現在沒有人批評他驕傲自大了。」

「他其實是謙卑的，他是我見過最強的球員之一。

他這麼強的原因，就是在於他的勤奮。希望年輕人可以看他打球，然後明白不努力一切也沒用的道理。高比正正是投入了大量的心血在籃球上，才使他取得今天的成就。無論拿了多少金指環，他依舊是第一個到達訓練場地，最後一個離開球場的球員。」

馬修有次在球場跟高比聊及球隊新陣容，複述著名好脾氣的球星的說話來測試高比的反應，馬修帶笑說：「他提起你的時候，說你是了不起的混蛋。」

高比不怒反笑，說：「哇，我喜歡他的說法。」

馬修笑問：「新組合合作愉快嗎？」

高比收起笑臉，認真思考好一會，才說：「我們一直努力找出合作的方法，可惜，不停有隊友受傷，影響今季比賽。」

「難怪你出場的時間越來越長，最長一次好像打足四十八分鐘。」

「實在欠缺球員，個個有不同傷患，新人又未夠經驗，我只好為球隊撐下去。」

「體能可以嗎？」

「暫時還可以，我的身體會告訴我哪天要離開球場的。」高比語帶黯然道。

「還有時間呀，你上次打足全場，取得四十多分、五次助攻、四次封阻和三次搶截，你幫球隊贏波呀。」

高比笑起來，說：「那次真是出盡全力了。」

兩日後，高比再次近乎全場上陣。當比賽餘下數分鐘時，高比突然慘叫一聲——大家知道他腳跟受傷了，只見以能夠忍痛見稱的高比痛得眼淚直流，在場的人都心知不妙。馬修知道，那樣的傷勢足以令運動員斷送職業生涯的。

有球員上前想扶高比離場，但高比拒絕了。教練示意換人去投最後兩個罰球，高比再次拒絕。

馬修看見高比的痛苦表情，知道他每次郁動都會令傷勢加重，同時痛入心肺，但見高比依然堅持。在比賽剩餘約三分鐘時，高比帶傷射入第一個罰球，全場為他鼓掌和歡呼。然後，高比再射入第二個罰球！觀眾瘋狂

起來，他們見證一個視籃球比生命重要的運動員，如實展現他的熱愛。

那次傷勢十分嚴重，教練在賽後將高比送院，磁力共振報告顯示高比的阿基里斯腱撕裂。不少體壇明星就是因為後腳筋撕裂而退出的。

馬修知道這傷患的可怕，即使痊癒，舊患都會傳來突然撕裂似的痛楚。尤其是在運動員跑動的時候，後腳跟好像被人大力踢了一下，痛得不得了。明明痊癒，卻又不知哪刻會再度痛楚甚至再次撕裂，令運動員身心痛苦，飽受煎熬。

馬修看見高比在阿基里斯腱撕裂後，仍可忍受痛苦堅持投入兩個罰球，可見他的忍痛能力已經超越常人。與此同時，馬修知道高比距離退下的時間並不遠。因為跟腱撕裂不僅帶來生理上的痛苦，還會令運動員信心大失，不知哪日再也跑不動。

不過，高比退役的日子比馬修預計的大大推遲。高比受傷後，在個人社交媒體留言，表示會以正能量面對

傷患。他寫下：「世上比這可惡的傷患還要糟糕的事情或挑戰太多，我不會自怨自艾，我會努力去找尋黑暗中的那點光。」

在馬修的記者生涯中，最難忘的賽事是高比退役一戰，目睹曾被全世界攻擊的人贏得全世界愛戴。至於最難忘的採訪，依然是跟高比的專訪。

他問了高比一個空泛問題，那是問任何一個事業有成的受訪者都可以回答的問題：「你為什麼會這樣成功的呢？」

永遠會給他驚喜答案的高比反問：「你知道洛杉磯凌晨四點的模樣嗎？」

馬修搖搖頭，讓他說下去。高比笑說：「洛杉磯凌晨四點是滿天星星的，街上只有很少的燈光，路人更加少。不過，那實際是什麼樣子，我其實也不大清楚，但沒有關係。每天早上四點，當洛杉磯仍在黑暗之中的時候，我就會起來走在黑暗的洛杉磯街道上。」

「每日？」

「每日，我堅持每日凌晨四時就去訓練體能和投籃練習。」

「堅持了十多年？」

高比笑説：「十多年時間就如一夜，洛杉磯早上四時的黑暗依然沒有改變。然而，我已變成了肌肉強健、有體能、有力量、有很高投籃命中率的運動員。」

第六章　沒有死亡就沒有新生命

所有生命都有結束的一日，為了延續生命，微生物會不斷複製以求生存下去，動物會繁殖下一代避免絕種，人類也一樣。不過，人類文明發展至今，許多人對生兒育女有不同看法。有人一定要有兒子繼承姓氏，有人喜歡女兒乖巧，人人想法不同。

佐治和當娜交往的時候，兩人早已有共識只要一個孩子，他的好友約翰倒想有籃球隊那麼多子女。他們踏入教堂時，高比有第一個孩子，約翰有兩個小孩，隨即決定兩個已經足夠。

當他們的女兒史提芬妮出世時，從傳媒報道看見高比第二個女兒芝芝出世。兩個女孩是同年和同星座的，出世日期相距幾日，命運卻完全不同。所以，當娜和佐治夫婦從來不相信星座性格和運程，他們相信努力才可

達成夢想。

佐治一直在校園進修，卻不能如願在大學教數學，因為聰明和上進的人實在太多，教席太少，他覺得自己能夠在中學教數學已是幸運。他的大學老友約書亞跟他一起畢業，選擇在超級市場做收銀員，回家才思考古今數學難題。

當娜在女兒出世後，全職做家庭主婦。每次聽到丈夫約朋友回家看籃球賽直播就知道要做多許多家務，不過，她一點也不介意。她和女兒史提芬妮都喜歡熱鬧，樂意看見丈夫跟朋友相處愉快，大家活得簡簡單單開開心心。

當娜記得史提芬妮七歲時，丈夫跟兩個朋友在家看高比的告別賽電視直播，她和女兒加入，坐在佐治身旁一起觀看。大人喝啤酒吃花生，小孩飲果汁，每個人都看得投入。

「最後一場，以後不能看他比賽了。」約翰說。

「你記得你說過最討厭他驕傲自大嗎？」佐治說。

「年少氣盛呀，我説他年少氣盛，當然真是驕傲自大，並非我怪錯他。」約翰説。

「人人都會錯，只有約翰不會錯。」佐治忍不住揶揄他説。

約翰隨即轉話題説：「二十年，很少球星可以打足二十年。人會改變的，高比較以前謙虛，你都比以前靚仔呀。」

「我承認人會改變，不過，我是變來變去都那麼英俊，從前、現在一樣靚仔。」佐治笑説。

「當娜沒有抹乾淨家裏的鏡子嗎？」約翰笑着問女戶主。

「有呀，但他不照鏡的。」當娜笑説。

「媽媽，我見爸爸有照鏡的。」史提芬妮説。

大家笑起來，佐治作勢要打女兒似的。

「高比沒有變，變的是羣眾對他的觀感。」約書亞突然説，氣氛隨即轉變。

「媽媽，什麼是觀感呀？」史提芬妮仰起小臉問。

當娜笑說：「觀感是對人的感覺，好像你以前不喜歡同學小畢，現在可以跟他做好同學一樣。」

「即是什麼？我不明白。」史提芬妮說。

「明天再跟你解釋吧，我們現在要專心看球賽。」當娜說。

約翰突然搭腔道：「就好像你喜歡叔叔來探望你，即是表示你對叔叔的第一印象很好，觀感往往來自最初印象。」

「媽媽，我喜歡爸爸和媽媽，我對你們的觀感都很好啊。」

大家笑起來，當娜說：「我們愛你，史提芬妮。不過，觀感通常形容羣眾對公眾人物的感覺，或者，可以形容你對陌生人或新認識的同學的第一感。」

佐治說：「好像高比叔叔是公眾人物，當他陷入低潮的時候，許多人對他觀感很差，傳媒經常醜化他和嘲諷他。待他重新站起來，人人讚賞他，傳媒追捧他。當他宣布退役後，全世界都歌頌他，將他比作籃球界偉大

人物之一。」

當娜對佐治説：「你説得太複雜，她不明白的。」然後，轉頭跟史提芬妮説：「我們專心看比賽。」

「我明白呀。」史提芬妮突然説：「以前的人不喜歡高比叔叔，現在喜歡他。觀感即是我以前不喜歡約書亞叔叔……」

大家望向史提芬妮，令當娜有點尷尬，連忙問：「你為什麼不喜歡叔叔呢？」

「他每次都要我心算，我不懂呀。」女孩嘟起嘴巴説。

「現在呢？」佐治問。

「現在喜歡心算，所以，我變得有少少喜歡約書亞叔叔。」

「多謝你有少少喜歡我呀，大小姐。」約書亞有點無奈地笑説。

「好像不少人由咒罵高比到將他捧上天，出現了轉變。」佐治説。

「公眾人物就是這樣，被傳媒捧上天，然後又踩到地獄，如果死不了，就可以重新被捧上天。」約翰感慨地說。

「真是誇張。」佐治說。

「他們的愛恨都是很誇張的。」約書亞笑說：「大家都不是真正認識高比，但以前咒罵他的人，現在都給他掌聲。」

「他公開宣布退休後，無論哪一場比賽都變成他的個人表演，主場是他的主場，作客時都是他的主場。」約翰笑說。

「可惜，高比受傷太多，跑得好慢，動作和反應比以前差太遠了。」約書亞說。

「二十多處傷勢呀，」佐治說：「還有跟腱傷勢，換了是你，未必可以行得走得，更別說在球場跑來跑去了。」

「雖然他現在跑得慢了許多，動作跟巔峯期差遠了，不過，高比仍是高比。」約書亞說。

「以前最喜歡看他入樽，現在的入球姿勢不及當年漂亮了。」約翰在電視看到高比入球的怪異姿勢，有感而發。

「他的傷患令他做不到以前的姿勢，為了遷就舊患和痛點，不得不改變動作。」佐治說。

「近幾年見他上場，偶爾會流露忍不住痛的表情，可見真的很痛。」約書亞說。

「許多運動員傷了跟腱就要退役，就算二十多歲都要退出，他算厲害了。」佐治說。

「我說他的姿勢不及從前的好看，沒有說他壞話，你們不用一齊幫他說話呀。」約翰說。

「我知，好像你以前有腹肌，現在只有肚腩一樣，我們都不會取笑你。」佐治說。

約翰摸摸肚腩，再喝一口啤酒說：「做了爸爸，有點肚腩才是正常，孩子最喜歡伏在我的肚子上睡覺。」

「很難想像高比都有三個女兒，由風流青年變成今日的住家暖男。」佐治說。

「除了佐敦，高比的退役戰是最轟動的。」約書亞肯定地説。

「不知他高掛球靴之後會做什麼。佐敦曾經復出，又有做生意，高比會否復出？」佐治説。

約翰搭腔：「他傷到這樣子，身體不容許他復出的了。」

「除了佐敦外，他的退役之戰最是轟動。」約書亞再説一遍，強調他和佐敦是如此接近的。

「佐敦是籃球之神，近乎完美，即使有差錯，大家都假裝看不見。傳媒對高比苛刻得多，難得他可以改變世人觀感。」

「媽媽，」史提芬妮扯扯當娜的衣服問：「怎樣可以改變世人觀感？」

當娜笑説：「如果你有日成為全世界的焦點，學習高比叔叔就是。」

「怎樣學習？」佐治模仿女兒的語氣問，逗得全部人都笑起來。

「在他剛出道的時候，人人都說他驕傲，但他繼續做自己。當他得到三隻冠軍金指環時，大家都說他目中無人，他依然沒有鬆懈，繼續瘋狂練習。當他失落冠軍時，許多人認為他已過高峯，可是他沒有消沉，反而不斷練習改善自己。當一眾傳媒將他由天堂掉到地獄去的時候，他不理會世人的嘲諷、踐踏和批評，努力做好本分。當他不斷受傷的時候，他沒有被傷患擊倒，還盡力打好每一場比賽。」當娜一口氣說完，滿臉欣賞，一貫球迷本色。

「好辛苦啊。」史提芬妮說。

「不是辛苦，是努力。」佐治說：「高比叔叔知道自己熱愛籃球，他從來沒有放棄夢想，堅持到身體告訴他必須放棄為止。」

「很難嗎？」史提芬妮問。

「要是你想午睡，又想吃下午茶點，但你要先做完所有功課，你怎辦？」當娜問。

「我會吃茶點。」小女孩誠實說。

　　大人們聽了都笑起來，佐治說：「高比叔叔一定先做功課。」

　　「真的？」史提芬妮問。

　　「真的，每個球迷都可以做證，他一定先練習。」約書亞說。

　　「要是你犯錯，爸爸媽媽和老師責備你，同學不理會你，朋友取笑你，沒有人再和你玩，你會怎樣？」佐治問。

　　史提芬妮幻想如果爸媽和老師教訓她，她會好害怕，要是同學和朋友不理會她……想到這兒，她難過得哇一聲哭出來。

　　「佐治！」當娜輕責丈夫，然後抱住女兒安慰道：「乖，別哭，你沒有犯錯，沒有人怪責你啊。」

　　史提芬妮還在哭，約書亞說：「如果有人欺負你，跟約書亞叔叔說，我幫你教訓他們。」

　　「唏，現在說她先犯錯呀。」約翰說。

　　「乖，別哭。」當娜說：「即使犯錯，只要誠心改

過，真心為自己所犯的錯誤道歉，大家總有一天原諒犯錯的人，不再責備。當然，好孩子最好不要犯錯啊。」

「對呀。」佐治說：「好像高比叔叔，無論多少人攻擊他，他都沒有反擊，因為他確實有錯，只好默默訓練自己變成更強的運動員。他沒有再犯錯後，大家逐漸對他改觀，然後，他贏得世人尊重。」

「打壓他的傳媒後來都追捧他。如果他沒有實力，或者心理質素不夠高，他就不會聽到今日榮休時的歡呼聲。」約書亞說。

「什麼是心理質素？」小女孩揚起小臉問約書亞。

「心理質素即是做人要充滿自信。失敗的時候，不會被別人的攻擊打倒。勝利的時候，不會自滿和驕傲。」約書亞說。

「對啊，約書亞叔叔的心理質素就一直都很好。」佐治說。

「怎樣好？」史提芬妮抹乾眼淚，充滿好奇問。

「他是純數學士，樂於在超級市場工作，不理別人

的目光。」佐治説。

約書亞笑起來，説：「我只是做一份不必用腦的工作，賺取薪金養活自己和家人。回家後，我可以清空腦袋，專心研究自己感興趣的數學難題，説不上是心理質素。」

「不輕易呀，」約翰説：「專心研究並不容易。」

「興趣而已。」約書亞笑説。

「做自己最感興趣的工作最好，要不然，公餘方發展興趣也不錯。」佐治説。

「我長大後要做籃球員，像高比叔叔一樣。」

「哪有女孩子做籃球員呢？」約翰説。

「好呀，叔叔一定支持你，將來要拿WMVP啊。」約書亞説。

史提芬妮害羞地躲在媽媽背後，大家笑起來。

看罷退役之戰，大家以為不會再坐在一起為高比看電視，沒有人想到高比會創作動畫，並得到最佳短篇動

畫殊榮。

他們再次聚餐和看電視時，史提芬妮已經九歲，不再是每事問的小女孩了。約書亞已跟數學教授結婚，讓妻子在大學工作教書賺錢，他專心在家研究數學和做家務。約翰明明說兩個孩子已經足夠，卻又多添了一個兒子，他說妻子喜歡熱鬧。

大家一起看電影頒獎典禮時，約書亞的妻子希素突然說：「大會的時間控制有問題，節目會超時。」

約書亞跟希素說了一堆算式，除了他們兩人外，沒有人聽得明白，只是知道結論是：「製作人預算時間不夠準確。」

「要像球賽那樣才算準確嗎？」史提芬妮問。

「要像生命那樣準確，每人每日都只得二十四小時。」約書亞說。

「聽說高比為了爭分奪秒而習慣乘搭直升機。」當娜說。

「為什麼？」約翰問。

「他要去其他城市作客比賽，又要多花時間陪伴家人，所以，經常乘搭直升機飛來飛去。」當娜說。

「無論賺多少錢，每人每日都是二十四小時，算是公平了。」約書亞說。

頒獎禮直播來到最佳動畫短片環節，當頒獎嘉賓讀出高比的名字時，全場鼓掌歡呼，史提芬妮說：「高比叔叔呀！」

「你認識高比叔叔嗎？」希素問。

「他是爸爸的朋友呀，不過，我沒有真正見過高比叔叔。」

「我們是中學同學，我曾參加籃球隊的。」

約書亞夫婦同時流露難以置信的表情，佐治說：「中一時，我和高比一樣高的。」

全場大笑起來，包括史提芬妮，她走去問爸爸：「你和高比叔叔哪個打得好一點？」

「嗯，爸爸想專心在數學方面發展，所以沒多久就退出了。」

「我都是高比的同學呀。」約翰說。

「你們經常罵他自大，個個都排擠他，他不知多孤獨，幸好有我這樣的朋友。」佐治跟約翰說。

「現在還有聯絡嗎？」約書亞問。

「我們是社交媒體上的朋友，有互相關注的。」佐治說。

「我們結婚的時候，佐治給他請柬，但他要到另一城市比賽，沒有前來。」當娜說。

「好失望啊。」史提芬妮說。

「跟你有什麼關係，你未出世呀。」佐治笑說。

「我不在場嗎？」女孩吐吐舌頭說。

「我在場。」約翰笑說。

「高比叔叔有送禮物，還送了一束鮮花和賀卡祝福我們的。」當娜說。

「什麼禮物？」史提芬妮問。

「在書櫃，你自己看。」當娜說。

史提芬妮看見漂亮的音樂盒，拿出來問：「就是這

個嗎？」

「聰明。」佐治説。

史提芬妮打開音樂盒，聽到悠揚的音樂，希素説：「啊，貝多芬的月光曲。」

「他為了太太苦練彈琴，就是彈這首歌？」

「他可以彈琴嗎？」希素問。

「他全部記在腦海彈奏的，逗得雲妮莎開心。」當娜説。

「對他來説，這首歌代表愛情的。」佐治説。

「很有心思。」約翰説：「但太花心思了，我只要跟太太説我愛你，她就為我生了三個小孩，日日在家照顧我們。」

「你不懂浪漫，妒忌他為愛情學彈琴。」佐治取笑他説。

「他的太太要跟他離婚時，據説是一束花和這首親自彈奏的月光曲讓雲妮莎回心轉意的。」當娜説。

「真是浪漫。」希素望向丈夫説。

「你記得我們一起推斷霍奇猜想時多浪漫嗎？」約書亞連忙説。

「什麼是霍奇猜想？」史提芬妮問。

「霍奇猜想是千古數學疑難之一，我們只要破解其中一條難題，就可在歷史留名了。」

「像高比叔叔那樣歷史留名？」女孩問。

「對，他是第一個得到籃球金指環和電影小金人的人，足以在歷史留名。」約書亞説。

「高比叔叔是第一個非裔美國人得到最佳動畫短片獎項的。」當娜説。

「你有留意？」希素問。

「非裔人士成功的或然率遠低於白人。」約書亞説。

「高比叔叔好厲害啊。」史提芬妮説。

佐治突然笑起來，大家望向他，他笑説：「高比曾經乘坐媽媽的順風車，他在車廂説起夢想，他要有五次總冠軍，還有一些我忘記了，總之，他要做籃球界的天

王巨星。」

「他做到。」約書亞説。

「而且超額完成了，」希素説：「他現在製作動畫和童書，還成立青少年籃球中心，比當年説的做得更多了。」

「當年他是一個孤獨的少年，突然這樣説，我和媽媽都只有敷衍他，但他一臉認真。」佐治説。

「他在訪問説過多遍，中學時非常孤獨，他對全世界不滿，近乎用憤怒打籃球，將怒火打在籃球之上。」約書亞説。

「約翰。」佐治望向約翰喊他的名字。

「我知道了，現在我當然知道不要欺凌同輩，但那時讀中學，個個都不喜歡他，我跟大家吧，以免他們排擠我。」約翰一臉無辜説。

「你知道高比還想做什麼嗎？」

佐治打開手機，讓大家看高比在社交媒體發表的內容，他最新寫的是：「如果二十年後籃球依然是我一生

最大的成就，那麼説明我失敗了。現在，我有一個非常
非常簡單的目標，未來二十年，我要比之前的二十年更
加成功。這一直激勵着我，這是我所有的動力。」

　　大家相信高比還有一個二十年、兩個二十年甚至
三個二十年再闖高峯，沒有人預計到高比會沒有下一個
二十年。

　　當娜和佐治再看電影頒獎禮時，大家的心情都有點
黯淡。每年頒獎禮都有一個環節紀念在該年度離世的演
藝界人士，他們沒料到第一個出現的是高比，附上他曾
説的話：「生命太短暫而無法去陷入困境並灰心喪氣，
你一定要前行，你一定要堅持。」

第七章　傳奇是永恆的

不少人喜歡拖延，將今日要完成的事情推到明天。有些學生喜歡説明天才開始溫習，有些上班族愛説明天才認真工作，有些過胖的人總是計劃明天才開始運動，有些害羞的人老是想像明天如何向心上人表白……明日復明日，明日何其多，到最後，要做的事情始終沒有開始。

許多人相信，人生有許多個明天，一切留待明天再説。

很少人留意到，明天並非必然出現。

一個普通的星期日下午，奧尼爾在訓練場跟兒子和姪兒練習籃球，另一個姪兒匆匆跑來，想説話又説不出來，不斷哭泣。

奧尼爾繼續練習，沒有理會他。哭泣的姪兒只好走

近他，由於無法清楚說出想說的話來，索性將手機遞給他看。

奧尼爾看見網上新聞報道，高比陪同女兒乘直升機去練習，由於天氣欠佳的關係，直升機墮毀，相信無人生還。

奧尼爾看罷，喝罵姪兒：「走！走呀！為什麼給我看假新聞？」

姪兒將手機給兩個年輕人看，奧尼爾的兒子哇一聲哭起來，喃喃道：「不會的，不會的！我在早上才收到高比叔叔的短訊！」

「假的，一定是假的！」奧尼爾拒絕相信，大聲地說：「現在有許多改圖和惡作劇，最愛惡搞名人，一定是假的！」

「爸爸，是真的。」他的兒子拿出手機，查看所有可以查看的新聞網站，全部有相關報道，他這才知道是真的，儘管無法相信。想到早上才收到高比上直升機前發的短訊，一如以往關心他的生活，鼓勵他和問候他，

哭得不能自已。

奧尼爾很傷心，他想到無法跟高比一起變老，一齊聚舊，無法再拿金指環開玩笑，不能再說「如果我們繼續合作，便能取得十隻戒指」。那些說笑話，原本就只能跟高比一個人說，現在變成無人可說。

奧尼爾和兒子和兩個姪兒都好傷心，四個大汗淋漓的大男人在球場痛哭起來，驚動四周的人。那是普通的星期日，許多人不明白為何會令人傷心至此。

同一段新聞傳遍全球的時候，積臣正在意大利的家裏看電視新聞，無法相信直升機意外是真的，即時查看高比的社交媒體，看見許多人留言願安息，積臣明白那是真的，他呆坐沙發，不知所措。

不知在沙發呆了多久，積臣看看手錶，看見是下午三時許，望出窗外，意大利南部小城的天空萬里無雲，他記得高比常常強調要堅信自己的夢想，並為之付出所有。他還說抬頭仰望並非驕傲，只是為了看清楚天空。這些話積臣一直都記着。

　　積臣的籃球生涯快要終結，連歐洲球隊都不會再跟他續約，他早已過了運動員的退休年齡，一直思考自己想做什麼。他問自己想要回國開小店做工匠，還是轉做教練教青少年打籃球呢？

　　他記得努力賺錢期間，日日早出晚歸，很少跟母親見面，他相信賺到許多錢後，可以給母親最好的生活享受。然而，他的母親終其一生都沒有享受過優質生活，連兒子都少見，就這樣患急病去世。

　　如果可以再次選擇，積臣會否選擇減少工作，多點留在家裏陪伴母親呢？

　　積臣想起高比曾說：「我們每個人都可以在自己的領域上成為大師，然而定必要作出選擇。意思是，隨之而來的是自己的犧牲，家庭時間、朋友時間、做好朋友的角色、成為一個好兒子？無論如何，作出決定都會伴隨着犧牲。」

　　積臣已經為事業錯失成為好兒子的機會，犧牲了跟母親相處的時間，但他依然成不了大師，終其一生都只

是籃球界的小薯仔，那樣浪費光陰是否值得呢？

積臣望向手錶，那是母親送給他的，今日看來是便宜手錶，但以當年的家境來說，那是非常昂貴的手錶。他現在可以買許多貴價的手錶，但他最珍惜的依然是這隻手錶。

手錶的秒針不斷走動，時間一分一秒過去。積臣想起一直沒有勇氣向喜歡的意大利女孩表白，這時候，他察覺時間是不會等候人的，隨即致電心儀的女孩，問：「今晚一起吃飯好嗎？」

「好呀。」手機傳來女孩甜美的聲音。

「七點，我來接你。」

「嗯。」女孩回應，稍為停頓後，問：「你看到新聞嗎？」

積臣明白女孩所指的，低聲回應：「嗯。」

「別難過。」

積臣沒有想過女孩如此細心，輕輕歎一口氣，千言萬語不知從何說起，只好說：「今晚見。」

「嗯，他不想別人為他難過的。」女孩説：「今晚見。」

積臣跟女孩説再見後，放下手機，深深吸一口氣，然後又想起高比常説活在當下。看看手錶，當下是三時四十七分，他永遠記得這一分鐘。

三時四十七分，同在意大利的達里奧蹲在家裏的花園剪草，這是悠閒的假日，他喜歡在花園逗留一天。

完成剪草後，他坐在花園一角休息。妻子蘇菲從屋裏走出來，手裏拿着兩杯果汁。兩人在木製的椅子並排而坐，滿園玫瑰正在盛放，環境美麗得不得了。他們享受這樣寧靜舒適的假日，沒有交談，分別喝果汁和各自看手機，突然達里奧被眼前的網絡新聞嚇呆了。

「什麼事？」蘇菲見丈夫神色異常，連忙問。

達里奧給妻子看他的手機，蘇菲看罷同樣呆住了。

「他是我的小學同學。」達里奧説。

「你不曾跟別人説啊。」

達里奧笑起來，卻忍不住傷心難過。

　　蘇菲從未見過丈夫既想哭泣又想輕笑的表情，平日會覺得有趣，但現在只覺傷心，伸手握住丈夫的手，沒有說話。

　　達里奧用空出來的手抹去眼角的淚水，說：「那時候，大家是六七歲的小孩，沒什麼好說。」

　　「國際名人是你的同學啊。」

　　「我沒有那麼虛榮，不必讓人知道。」

　　「你一定很難過。」

　　「雖然隔了這麼久，但這一刻，我的腦海依然浮現一頭鬈髮的小高比。那時候，我覺得他很特別，跟我們不一樣的。」

　　「上次看他來意大利的電視訪問，你都沒有說他是你的同學。」

　　「沒什麼好說。」

　　「他的意大利語說得很流利。」

　　「認識高比時，他完全不懂意大利話。」

　　「你教他意大利語嗎？」蘇菲想丈夫多想一些開心

的事，於是跟他談無聊話題。

「不用我教，他很快會説流利的意大利語。」

「你們一直做好同學嗎？」

「他是我第一個認識的非裔朋友，可是，我們沒有時間建立友誼。大概兩年左右，他的爸爸轉了球會，他跟隨爸爸搬走了。」

「我們看電視見他來到意大利呀，你為什麼不約他一聚？」

「我想過的，好想跟他再見面，並非有虛榮心結識名人，只想跟童年玩伴聚舊。」

「有沒有約他？」

「沒有，我怕他早已忘記我。」

「沒有人會忘記你的，你是我認識的人之中最善良的，人人都會記得你。」

「既然他可以跟記者用意大利文交談，可見記性一流，説不定，他依然記得我。」

「私訊到他的社交媒體就可以約他。」

「對，就像小時候自我介紹一樣，寫下『我是達里奧』，看他可會回覆。」

「你太害羞了，上次跟你看電視，你又不說，要不然，我代你約他。」

達里奧記得當日聽到高比的說話，現在想來仍覺心頭一暖。

蘇菲像跟他有心靈感應一樣，說：「高比在訪問說他在意大利成長，這兒是他永遠感到親近的地方。」

達里奧仰望藍天，內心輕輕歎息，沒有說話。

「你還認識什麼名人的話，跟我說，我可以幫你在他們的社交媒體留言。」

「我以為高比退役後，大家會有時間見面，可以等他下次來才約他。」

「沒關係，高比會知道在這兒認識的朋友依然關心他的。」

達里奧想起高比離開的時候，他很傷心，自顧自地哭，高比反而沒有流淚。這一次是真正的別離，他相信

高比同樣沒有流淚，他也不哭了。

　　達里奧和妻子繼續坐在椅子上看雲看天，他沒有想過高比上次來意大利，已是兩人可能重聚的最後機會。

　　他望向天空，想起高比踢足球時的開心表情，想起他的爆炸鬈髮頭，想起他有時會發脾氣……時間就是這樣過去。

　　這天天氣很好，達里奧望向天空深處，希望可以看見高比和女兒正在往天堂的方向走去。

　　蘇菲放下手機，移近丈夫身旁，倚在他身上，跟他一起仰望藍天。沒有對話。然而，他們的心靈是靠近的，大家知道對方所想，跟各自看手機不說話的感覺完全不同。

　　美國的天空跟意大利的不同，星期日陰霾密布，馬修只看見濃霧，看不見他想看見的天堂。不過，他相信高比和女兒會上天堂的。

　　馬修要為雜誌寫訃文，那是他感到最難寫的一篇文章，腦海重現採訪高比的情景，由他出道時的爆炸頭鬈

髮，到他走過低潮，然後見他變成光頭模樣，頭髮不斷減少，實力不斷增強，這是他記憶中的高比。

馬修思考文章的切入點，他要儘快完成，以便放上網。現在的傳媒競爭激烈，幾乎跟球賽一樣分秒必爭，早點放上網，早點有人按讚和分享，文章才多人看，要不然，無論寫得多好都沒多少人留意。

馬修想寫高比是老派人，他不會跟隊友深交，但會激勵對方一起去贏冠軍，可是覺這樣寫並不恰當。退役後，高比反而有許多籃球圈的朋友。好像跟奧尼爾合作八年，個個都說他們不和，但馬修知道，兩人退役後有交往，兩個家庭的成員都互相認識。

思考了好一會，馬修決定先寫他最長連續當選明星賽及最多明星賽MVP。高比連續十八年入選NBA明星賽，四奪明星賽MVP，為他的籃球職業生涯寫下了光輝一頁。

不過，馬修認為，高比最值得欣賞的是熱心幫助別人，高比深信能夠啟發新一代變得更好的人生才值得活

一遍。他沒有要求別人做什麼或不做什麼，只是勇往直前，追尋自己的夢想，他的言行就這樣啟發年輕人。

　　高比經常跟隊友說：「當你做出選擇，表示即使危險和困難都要完成，那麼成功時你應該不會感到驚訝。成功的一刻並不令人陶醉，因為你經歷了這麼長時間努力，一切是理所當然的。」

　　馬修先將短文傳送給編輯上載到雜誌網站，然後，稍稍休息一會。

　　書房傳來叩門的聲音，馬修的女兒開門走進來，將一杯清水和三文治放在書桌，說：「爸，我知道你又要忙碌了，別忘記吃東西。」

　　「你對高比叔叔最深印象的是哪些事情呢？」馬修覺得滿腦子太多記憶，不知哪件事最值得記下，不如問問女兒意見。

　　女孩即時回答：「他對家人實在是好，尤其是對女兒，他看來是一百分爸爸啊。」

　　馬修點點頭，望向電腦，他的女兒知道爸爸要專心

工作,悄悄離開。

馬修在個人社交媒體寫道:

許多人聲稱維護男女平等,但是很少人像高比一樣身體力行,説到做到。他讓女兒芝芝學打籃球,讓她追尋自身的夢想。

有一天,我在球場外碰到他們,還有一大羣球迷在那兒,有球迷大喊高比快點增添一個兒子,好讓兒子成為高比第二,讓他有繼承人。高比未及回應,芝芝已經回應,我就是繼承人。高比笑説,對,她就是。

高比四奪MVP,他的女兒大可承繼他奪得WMVP,在他眼中,女兒和兒子沒有分別。

「也許高比正在天堂指導芝芝打籃球,願安息。」

相信高比正在天堂指導芝芝打籃球的還有佐治和當娜,佐治看罷馬修的貼文後,立即分享出去。約翰給他短訊:「後悔少年時排擠他。」

佐治回短訊:「他早已不介意。」

「我介意。」

「你教導孩子不要欺凌同學就是。」

約翰貼上哭泣表情公仔後離線，佐治一時未能反應過來，突然聽到巨大的聲響，看見史提芬妮在書櫃旁驚慌地哭泣。

當娜比佐治更快跑過去抱住女兒，輕輕安撫她說：「別哭，沒事的。」

「媽媽，我想再聽月光曲而已，我不是有心打爛音樂盒的。」史提芬妮哭道。

「不要緊，爸爸遲點再買一個。」佐治說。

「對不起，嗚⋯⋯」

「沒關係，你沒有受傷就好，沒有被音樂盒的碎片割傷手就可以。」當娜說。

「對不起，對不起，我知道你們很喜歡這個音樂盒的。」史提芬妮還在抽泣。她在新聞看見高比去世的報導後，想拿出音樂盒重聽，沒料到拿不穩，音樂盒掉在地上跌破了。

「不重要的，」佐治說：「所有物件都有破爛的一

日，正如所有人都有死亡的一日。」

「佐治！」當娜輕責他。

想到父母有一日會死去，史提芬妮哭得更傷心，佐治連忙說：「世上還有永恆的。」

「什麼是永恆？」史提芬妮問。

「高比叔叔說過，名人是短暫的，傳奇是永恆的。」佐治說。

當娜看見女兒不斷搖頭，補充道：「例如，我們對別人的感情可以永遠留在心中，就算那個人上了天堂，仍可以活在其他人的心裏。」

「高比叔叔會活在我的心裏嗎？」史提芬妮問。

「會。」當娜說：「正如音樂盒爛了，但我們可以永遠記得這個音樂盒和我們的月光曲。」

史提芬妮抱住當娜說：「媽，你和爸爸不要死。」

「好，你不批准我們死的話，我們就不死。」當娜以輕鬆的語氣說。

史提芬妮滿意媽媽的答案，緊緊抱住媽媽說：「你

們都不可以死。」

佐治聽罷，覺得又好氣又好笑，趨前抱住妻女説：「我們活好每一天就可以。」

「活好每一天」是高比從小愛説的，高比由幼稚園開始努力學習，不願浪費生命。他的兩個姐姐不明白弟弟為何如此珍惜時間，這一刻，她們知道每分每秒都是重要的。

在她們心目中，即使弟弟成為名人，他依然是調皮愛玩的小男孩，大家一直保持良好關係。高比可以跟父母冰釋前嫌，兩個姐姐都花了不少心血規勸父母。

大家姐致電給母親安慰她，聽到她的哭泣聲。高比的母親低聲跟女兒説：「早知如此，我們不會反對他選擇的妻子。」

「弟弟無所謂的。」

「噢，我們沒有出席他的婚禮。」他的母親想起沒有出席他的婚禮，也不打算出席他的葬禮，因為覺得對不起這個兒子。

「你們跟他的女兒相處愉快，大家早已破冰了。」

「太遲，我們實在太遲和解。」

「媽，爸爸怎樣？」

「他沒有說話，自己留在房裏。」

「我和妹妹明日會來的，你們要照顧自己，不要太傷心。」

「我好想去他的婚禮……」

「媽，我愛你們，你們今日不要接傳媒電話，不要做任何事情，多點休息。」

「我愛你們，我和你爸都好愛高比，我們好愛他的女兒，她……她們……知道嗎？」

「知道，一定知道。」

兩姊妹為弟弟離去傷痛欲絕，同樣為弟弟離去而難過的還有佐敦，儘管他們沒有血緣關係，他一早視高比為他的弟弟。

當他知道高比意外身亡時，感到身體的一部分已經死亡，就如他在一個月後的紀念儀式，一上台已經泣不

成聲。他知道這樣公開哭泣並不好看，曾經想推辭，最終還是答應了。他要悼念他的小老弟，跟大家說：「每個人身邊總有這樣的弟弟或妹妹，會拿你的東西去用，會在你身邊一直煩你。因為他們把你當做大哥、大姊來崇拜。他們想知道你的一切，因為他們想要跟你一樣。一開始會覺得很煩，但久了之後卻發現這是一種愛的表現。高比曾經在晚上十一點半，凌晨兩點半、三點給我發短訊，聊籃下單打的腳步和訓練等。開始時感到有點煩，後來發現是熱愛，這孩子擁有一種你永遠不知道的熱情。當你喜歡一個東西，就算是用求的，你都會想盡辦法去得到。他盡其所能地想要成為最好的球員，我也盡力當好一個大哥，忍受這些半夜打來的電話和愚蠢問題。他在幾個月前給我發了短訊，問我小時候是怎麼練動作的。我問他女兒幾歲，他答十二歲，我答十二歲的時候還在打棒球。高比總想挑戰我，就算看他穿西裝，還會問我可有帶球鞋，隨時想要挑戰、想要求進步。高比從籃球場上退役之後，仍然抱着全力以赴的精神，面

對家庭與身邊的人。他在社區當教練，當一個好丈夫、好爸爸，全心全意奉獻給家庭。不管做什麼事情，高比總是用盡全力。沒人知道一生會有多長，所以我們要活在當下、享受當下，想辦法花時間跟家人、朋友及所愛的人在一起。」

　　沒有人知道高比最後一句説過的話，只知他跟《親愛的籃球》説的，也是跟全世界説的：

　　　　當時那個六歲的小男孩

　　　　已經深深的愛上了你

　　　　我從未看見隧道的盡頭

　　　　我只看見自己

　　　　奮力地跑了出去

　　　　我就這樣全心全意地跑着

　　　　我在每場球賽來回奔跑

　　　　為你追逐每個從手中鬆開的球

　　　　你要求我全力以赴

　　　　我就給你我毫無保留的心

因為我對你的愛就是這麼多

我在汗水與傷痕間持續進攻

不是因為要呼應來自何方的挑戰

而是因為你召喚了我

這一切都是為了你

這麼做都是當有人能讓我

自己覺得能這樣有意義的活着會做的事

而那個人就是你

你給了這個六歲小男孩他的湖人夢

我永遠都會感謝你

但我沒辦法再這樣癡迷的愛着你了

這將是我的最後一季

我的心仍然可以承受重擊

我的精神依舊可以抵禦折磨

但我的身體告訴我，是該離開的時候了

但這沒關係的

我已經準備好讓你離開了

而現在我希望讓你知道

所以我們才能細細品嘗我們在一起的最後倒數時光

不論是好是壞

我們都已付出所有

我們彼此都知道

不論我接下來要做什麼

我永遠都會是那個小男孩

穿著長筒襪

對着角落的垃圾桶

時間只剩下五秒

球在我的手上

5……4……3……2……1

後記

✦ 尋找心裏的亮光——關麗珊 ✦

童年愛看武俠小說，主角總是天賦異稟並得到武林秘笈，練武一年勝過別人練三十年，甚至有武林高手將一輩子功力即時傳給主角，主角大可不勞而獲。

我當然想做武俠小說主角，俠女武功高強，不用工作，日日鋤強扶弱懲惡懲奸，還得到百姓讚賞。然而，武俠小說的世界是假的。現實是一分耕耘一分收穫，即使有天賦，仍要努力才有成績，如這本小說的主角高比。

高比初出道時，日日比別人早幾小時練習，每日投籃一千次，起碼一千次。他成為籃球界的天王巨星後，依然比別人早幾小時練習，甚至比新人早到，每日投籃一千次，起碼一千次，不斷提高自我要求，例如要求自己投中八百次後才可結束練習。

高比並非先天條件最好的運動員，但他肯定是

有史以來最勤力的球星。不練籃球的時候,他會去健身室鍛煉肌肉力量和改善不夠完善的身體部分。勤力到這地步,成功時沒有驚喜,只有喜悅,因為他早已知道成功是必然的,毋須驚訝。

我們從小聽師長教導「勝不驕,敗不餒」,父母和老師總是不厭其煩說考第一或拿金牌時不要自大,考包尾或輸掉比賽也不必自卑。道理人人會說,世上有多少人做得到呢?

事實是很少人做到,不過,看罷這本小說,你自然知道有人做到。

高比成功的時候,他會繼續自我挑戰。他認為最成功的是讓他人同樣成功,還可以啟發別人向上,不必驕傲。高比犯錯的時候,無論面對官司纏繞還是傳媒攻擊以至四周嘲諷,他都努力以事實證明悔意和改過,不用氣餒。

在眾叛親離期間，高比開始靜坐冥想，尋找心裏的亮光。即使四周漆黑一片，看不見黑暗盡頭，我們依然可以尋找心裏亮光，照亮自己和別人。

高比的故事光輝燦爛但結束得令人傷感，我試過凌晨四時起牀寫這本小説，可以堅持一日或兩日，但要連續十日已做不到，感受得到高比十多年來在凌晨四時練習的驚人意志和毅力。

如果你抱怨讀書成績不夠好，或各項練習沒有進步，大可嘗試凌晨四時起牀看書，能夠堅持一年的話，自會看見變化，你用同樣意志做任何事都會進步的。

沒有人喜歡看見疫症蔓延全球，身處逆境，更要保持身心健康。期望這本小説可以給大家啟發，讓我們以正向思考面對難關。

寵辱不驚，看庭前花開花落；去留無意，望天上雲捲雲舒。